INK INK INK INK INK INK
INK INK INK INK INK
INK INK INK INK INK INK
INK INK INK INK INK
INK INK INK INK INK INK
INK INK INK INK INK
INK INK INK INK INK INK
INK INK INK INK INK
INK INK INK INK INK INK
INK INK INK INK INK
INK INK INK INK INK INK
INK INK INK INK INK
INK INK INK INK INK INK
INK INK INK INK INK
INK INK INK INK INK INK
INK INK INK INK INK
INK INK INK INK INK INK
INK INK INK INK INK
INK INK INK INK INK INK
INK INK INK INK INK
INK INK INK INK INK INK
INK INK INK INK INK
INK INK INK INK INK INK
INK INK INK INK INK

INK INK INK INK INK INK
NK INK INK INK INK INK IN
INK INK INK INK INK INK
NK INK INK INK INK INK IN
INK INK INK INK INK INK
NK INK INK INK INK INK IN
INK INK INK INK INK INK
NK INK INK INK INK INK IN
INK INK INK INK INK INK
NK INK INK INK INK INK IN
INK INK INK INK INK INK
NK INK INK INK INK INK IN
INK INK INK INK INK INK
NK INK INK INK INK INK IN
INK INK INK INK INK INK
NK INK INK INK INK INK IN
INK INK INK INK INK INK
NK INK INK INK INK INK IN
INK INK INK INK INK INK
NK INK INK INK INK INK IN
INK INK INK INK INK INK
NK INK INK INK INK INK IN
INK INK INK INK INK INK
NK INK INK INK INK INK IN

INK

文學叢書

175

相忘於江湖

張輝誠◎著

目次

【附錄】

與道相忘於江湖

龔鵬程

文人有許多類型，一種叫做「放膽文章拚命酒，無弦曲子斷腸詩」，是放縱揮灑其才情的。燃燒著自己的生命，唱著自己的歌，歌聲從不期望合乎誰的節拍，文章也只表現著不羈的生命正在自我折磨的過程。明燭自煎，杜鵑啼血。

輝誠恰好不是這一型。依我看，他似乎也恰好應補充一下這種生命情調，讓生命更不羈、更浪蕩、更頹廢、更飛揚，或更無可奈何些，讓文章更橫斜槎枒、不中腔拍些。但目前這樣，卻也很好。生命沒什麼匱乏，生活沒什麼遺憾，文章稱情而出，發而應機，條理中節，故有溫潤雋永之美，亦是足堪欣賞的。

這不是說他生命中無激擾，而是說他善於條理之，斷腸之事遂若見諸輕歌嘆喟之間。他少年老成，又遭逢耆宿，多睹人物典型及傳統文化的宮室之美，故對那個美好的舊世界竟逐漸消逝於如今物慾橫流之現代化社會，自有常人所無的悲感。他又鴻飛四宇，見中東非洲仍困於風霧之中，也不免多有感嘆。這種歷史感以及由此而生的道德文化態度，或大世界視野，乃是當代青年乃至文化人都較欠缺的。輝誠不幸有之，其生命焉得無所激擾，焉得平靜如常？只不過，他並不因而椎心吶喊，或批判諷譏之，他的調子是緬念與感嘆，彷彿古人之嘆逝。

本書分爲三輯，第一輯寫的全是人物的老去、技藝的凋零、文化的消失等，悲逝水而帖喪亂。第二輯情況也差不多，記牟宗三、毓鋆諸老，其實亦與輯一同調。唯輯三誌遊旅，情趣略異，似是想藉空間的開拓來稀釋或消解面對時間之流的悲懷。但旅中抒感，依然不免慨歎於典型之漸失或文明之斷裂。因此，他的筆調雖然斂抑，情緒雖然靜定，善讀者依舊會在此中見到滿紙秋聲而爲之不懽。

本來，嘆逝就是最難寫的。逝者如斯夫，不捨晝夜，嘆逝之主題，其實就是時間。但時間太抽象了，故僅能藉具體的物象與人事來描摹之。而寫人寫事寫物，卻又會變成對這具體物事之消逝不恆的感傷。此所以兩難。輝誠的寫法，大抵是由某人某事關聯於或象徵到一個美好歷史文化世代的消亡，言近旨遠，特具一種惆悵之感。

其惆悵之所以不太強烈，不似義山詩所說那般「只是當時已惘然」，乃是因那個美好的世代或人物畢竟未曾走遠，仍與作者的生命相牽繫著。例如牟先生雖已云亡，其精神意態尚存具於王邦雄先生等人身上，不難復見。故彷彿已逝者未必便逝，縱或眞已逝去，作者仍要在精神上時時鉤聯之，令其不逝。如此便不會眞正嘆逝，反而是要挽頹波或揮戈返日似的，有點擔當文化舊業的豪壯感呢！

同理，他的壯遊，也不是莊子式的。蒙莊以世沉濁不可與莊語，故其遊也天遊，對人世自有其棄絕的氣力與風姿。輝誠之遊，殆如列子御風，雖去以七日，但對此世亦仍是不捨的。因此他離而不離，精采處反而在於他對旅遊各地的觀察與采風。

這是輝誠自己的型態。藉此型態，他欲自忘於江湖又自期與道相忘於江湖，這是他的自許，我祝福他！

丁亥立秋寫於台北龍坡里雲起樓

自序

《莊子．秋水》篇有則著名寓言，說的是莊子和惠施兩人在濠梁之上，爭辯到底莊子知不知道魚在水中從容出遊的快樂，這則寓言許多讀者或研究者喜歡從主觀／客觀、情意／分析、知識／直覺等方面切入討論，我自己卻寧願搭配著莊子另一則寓言相互參看，那是《莊子．大宗師》：

> 死生，命也；其有夜旦之常，天也。人之有所不得與，皆物之情也。彼特以天為父，而身猶愛之，而況其卓乎！人特以有君為愈乎己，而身猶死之，而況其真乎！**泉涸，魚相與處於陸，相呴以濕，相濡以沫，不如相忘於江湖**。與其譽堯而非桀

也，不如兩忘而化其道。

先容我簡單翻譯一下：「生和死是天命所定，如同白天黑夜變換一樣，乃自然之理。人無法改變、不得干預，這原就是萬物的情態。人以爲天是給自己生命的父親，而終身愛之，不知還有獨立超絕的道呢？人以爲國君比自己高貴，而捨身報君，不知還有那眞君主宰呢？」接下來便是這則寓言了：「泉水乾涸，魚困在陸地上，喘著氣相互濕潤，吐著涎沫相互濡濕，倒不如在江湖中快活地彼此忘懷。與其稱讚堯而毀謗桀，不如兩者都忘記而化於大道之中。」

這樣看來，莊子或許是眞知道魚之樂的，魚之樂本不在困窘的生命狀態中顯現，而在江湖兩忘，既忘水也忘一己之形軀。或許順著莊子的話再引申一下，魚換成了人，人應該忘些什麼？忘生忘死？還是不僅止於忘？還要相忘而化於大道之中？但是又該如何化於大道呢？眞正大道的境界又是怎樣呢？

我寫這本書，想的都是這些問題，一直以來，不斷藉由自問自答來解決自己生命的困惑，尋找某種答案。

·輯一·齊物論

蝸角

我爸常說：「能同你段叔叔學篆刻，算你上輩子造化！」

我十歲上開始學書法，啓蒙老師是父親。他老人家教書法，剛提筆就得練懸腕，搦一管羊毫筆在宣紙上反覆劃寫等粗直線、曲線和圓圈，這是給開筆寫篆書、隸書預作準備的。無視我麻顫不已的手臂，父親斜睨著歪七扭八、大小不一的線條邊搖頭邊說道：「基礎沒打好，寫什麼都是空的。要知道，你段叔叔小時候吃多少苦，才能有今天這般局面。」

段叔叔能有什麼局面？不就整天穿著一襲深藍長袍，捻著長髯，笑嘻嘻地在社區裡頭閒蕩嘛？

六七年過去了，我爸教會我囫圇吞棗篆隸草行楷各式書體，依樣畫葫蘆，寫得有模有樣，人人稱讚，他老人家頗爲得意，才敢把我推薦給段叔叔。至於功力如何，套句段叔叔後來給我的評價：「縱橫正有凌雲筆，俯仰隨人亦可憐。」這話說得含蓄，話裡褒貶參半，褒的是我小小年紀就有翰墨志向（段叔叔誤會了，這是我爸逼的），貶的是徒有形似罷了。

段叔叔跟我爸不同，他也不叫拿刀，就在房裡給我講故事，講上一段便打發我到附近的故宮去看書法展品。故宮院長和段叔叔是相熟的，我每回去都佩帶貴賓證，還有專人講解，想偷懶都不行。後來段叔叔問我最喜歡哪幅？我答說蘇東坡〈寒食帖〉。他問為什麼？我說寫得那麼醜都還能進故宮，我看我以後機會蠻大的。段叔叔追問難道沒人給我講解？我說講是講了，還不因為他是蘇東坡，要換成別人還能這樣推崇嗎？段叔叔登時笑咧了嘴，直呼「後生可畏！後生可畏！」

段叔叔其實蠻會講故事的。有陣子我正在讀《小人國歷險記》，他也講了一個類似的：說蝸牛角上兩根長鬚，裡面各有一個國家，左邊的叫觸氏，右邊的叫蠻氏，兩國經常為了爭地而大動干戈，鬧得不可開交。我聽得入神，段叔叔話鋒一轉，說道：「學篆刻，也要能小中見大，大中見小才行。」

段叔叔有個常用章，印文是「刀筆吏」。這話一點不誇張，段叔叔和別人不同，他寫日記是用刻印載事，比如說當天心情愉快，他就刻一方「暫得於己快然自足」；某些時日湧起鄉愁，就刻幾枚「舊江山渾是新愁」、「春愁如雪不能消」；閒來讀書，就鍥若干「讀書但觀大意」、「肚裡曾藏八千卷」；往陽明山遊山玩水回來後，便窾刻幾枚「獨於山水不能廉」、「自嫌野性與人疏」；當然，更多印是談刻鍥心得的，比如說「筆圓如錐」、「奪造化靈氣」、「刻劃始信天有工」等等。不過這些印，一旦我在《刀筆吏印譜》用完印，段嬸嬸便立刻接收拿去轉賣換錢。

段叔叔刻印極快，他能左右開弓，右手寫書法，左手刻印。別人篆刻是先描印框，在紙上寫印文然後反貼印面，呈現倒反書體再下手開刻。他身手俐落多了，右手拾起石頭，端詳了一下印面，底稿也不打，左手直接取刀刻劃，一時間刀走龍蛇，山崩雲亂，驚濤裂岸，氣象森嚴。起筆收勢，轉折鉤劃，如行雲流水，行於所當行，止於所不可不止，各自恰到好處。那刻劃好的石頭好似甦醒過來一般，睜起水汪汪的眼睛逕在石臉上好奇地探望，顰笑之間逐漸有了千姿百態。

我爸後來得知我同段叔叔學刻印一年多，居然沒刻過半顆印，大爲光火，怒斥道：「你要曉得，你段叔叔是不收弟子的，多少人千託萬請、程門立雪，哪一回他不婉拒到底？要不看在你大陸上的爺爺，曾救活過你段叔叔父親的面上，你小子哪來這等福分？再說你段叔叔從小就是金石世家子弟，家學淵源，書藝精湛，清初乾嘉學派寫《說文解字注》的段玉裁，你是曉得的，那是你段叔叔的上六代祖先啊！這等因緣，居然給你這小子辜負了。」

我把父親的話轉述給段叔叔聽，他笑我爸性子太躁，欲益反損。於是他又給我講了個故事。說南方有位帝王叫儵，北方帝王叫忽，中央也有個帝王叫渾沌，儵和忽兩位帝王作客於渾沌之所，渾沌招待周到，賓主盡歡。兩帝圖思報答，便說：「凡人都有眼耳鼻口七竅用以視聽食息，唯獨渾沌兄沒有，請讓我們試著幫你鑿開七竅吧。」於是每天幫渾沌鑿通一竅，好不容易七天鑿完，誰知七竅鑿成，渾沌竟一命嗚呼。段叔叔見我沒領悟過來，接著又說：「篆刻過程不也像為渾沌鑿竅嗎？大多印家注重筆劃講究，眉目清楚，看似鑿成七竅，實則喪盡元神。好的篆刻，必須就渾沌而渾沌，順石性而保其情，看似已鑿而實未鑿，鍥出的印文只是把石性石情顯揚出來而已，而不是斲傷。」段叔叔說完後，便從身旁拿起一枚圓石，逕自刻劃起來，刻完後交給我，說：「送你！回去交差。」我喜孜孜地端詳著上頭的印文，小篆白筆，寫著「篆愁君」，大概是說我為篆刻而愁的心事。

我爸把印握在手心來回摩挲，笑得合不攏嘴，直說：「傻人傻福，居然給你得了一枚好印，這『篆愁君』端得渾然天成，無懈可擊。」父親另一手翻開桌上擱放的

《南張北溥書畫集》，繼續說道：「你看，這張大千畫裡的用印『大千居士』和溥儒的閒章『乾坤一腐儒』，都是託你段叔叔刻的，好生氣派，常人是刻不來的。好畫配好印，相得益彰。」

等我真正刻第一枚印已是三年後的事。期間段叔叔不曉得給我講過多少故事，最後都和篆刻道理有所相關。比如說，開刻當天，我正瞪大著眼盯著一顆石頭猛瞧，腦海直響起父親的聲音：「有一種石頭，渾身溫潤透明，勻布血絲，光彩映人，乃石中豪傑，叫做雞血石。」段叔叔看出我的心思，拿起雞血石說道：「石頭與人一般，並無貴賤之分，只有剛柔之別。剛石如狂者，宜用尖刀使之含柔；軟石如狷者，宜取鈍刀使之能堅。因石制宜，要皆展現各自風采面貌而已。」然後他就取刀在雞血石腰身刻了幾個字：「落筆灑篆文，崩雲使人驚」。要我也拿一顆來試試。

我下刀時光想反書便遲疑許久，刻成的印文粗細不一，還有好幾處崩筆，段叔叔在一旁指導說：「石情神氣最重要，崩就崩，山崩亂雲，原是石頭本色，犯不著介意。」

我同段叔叔學印第五年，他眼力漸退，終至全盲。段嬸見不濟事，便離家出走，再沒回來過，還是我爸僱了個菲傭才照料好他日常起居。

我爸嘆息著說：「好端端一個人，這樣用眼過度，後半輩子就報銷了。」

可只有我知道，段叔叔還能刻，他吩咐我不要張揚，說：「這樣反倒省事。」如今他刻印不似往常神速，顯得淡泊許多。還是左手持刀，右手握印，只是食指會不斷撫摸印面，確定鍥刻位置，才一刀刀刻劃。就在這個時候他又給我講了個故事，說有個叫庖丁的廚師，十九年來，解牛不下數千頭，刀刃卻始終毫髮無傷，彷彿剛新磨好似的。段叔叔停下來問我爲什麼？我知道一定又和篆刻道理有關，想了想，便答說：因爲他知道牛的骨骸結構。段叔叔開心地說：「對！庖丁以薄刃優游關節裡的空隙，所以能刀刃無傷。更重要的是熟練精巧之後，可用神遇而不以目視，所有感官退居其次，全讓精神展現。所以，你段叔叔我啊！目盲心明，越來越能體會石頭的喜怒哀樂、滄桑變化，越來越能和石頭渾然合一，也就越能把石頭的性情刻出來。」又說：「印有陰陽，朱文爲陽，白筆爲陰；目也有陰陽，明爲陽，盲爲陰。當然，生命也是有陰陽的。」

後來有一天，菲傭焦急地跑來找我爸，說段叔叔喚不醒了。那時我正在金門當兵，聽父親說段叔叔臨終時，手裡頭還緊握著一顆印，上頭刻著：「終生與石爲伍」。

那陣子，我正巧在金防部軍事圖書館當差，意外翻到一本清朝善本書《事物異名錄》，裡頭「昆蟲類，蝸」一條這樣記載：「《清異錄》：『李善寧之子貧，家壁詩末云：「拖涎來藻飾，惟有篆愁君。」我才恍然段叔叔刻送給我的「篆愁君」，指的是「蝸牛」而不是爲篆刻而愁的我，而這蝸牛不就是他給我講的蠻觸兩國的故事嗎？這時我忽然聯想起白居易的〈對酒〉詩來：「蝸牛角上爭何事，石火光中寄此身，隨富隨貧且歡樂，不開口笑是癡人。」然後，段叔叔彷彿又活過來似的，拿著一把刀，一枚印章在我身旁開懷地笑出聲來。

阿匠師

一般稱身懷專技的人，都喜歡冠上「匠」或「師」以示尊敬，好比泥水匠、鎖匠、剃頭師、打鐵師等。不過並非每個人都懂得起欽敬之心，故而像土水仔、種菜仔、殺豬仔，後頭加上一個「仔」的稱呼仍屢聞不鮮，這自然是說話者自以爲高的無知罷了。苛責無知者的話暫且按下不表，只單說說匠字重要，匠字裡頭一個斤，外頭一個匚，斤和匚是什麼東西？原來斤在古代就是斧頭，匚則是圓規方矩的矩，古人持矩以定線，揮斤而破木，說再白些就是木匠，木匠從來就是技術本位，無技不成匠，但今日「匠」名號被廣泛借用，反倒眞正的匠還得加上「木」字，大家才能懂得。

我認識的第一位木匠師父是陳師父。當時我還在讀高中一年級，同學林某趁暑假前問了幾個他相好的朋友，說要不要到他家打工，時薪五十，還供兩餐，幾個同學覺得不錯便允諾相約同往。暑假一開始，我們便到林某家報到，他家是一處木材加工場，裡頭有十幾個師父正操作著機器刨切各種木頭，林某父親簡單交代工作內容，隨後各就各位，然後我就成了陳師父的助手。

陳師父主控線鋸機，切割劃上桌椅扶手圖案的條狀木材，他的手藝好，隨時可見他飛快地將木材送進機台，切割轉鋸，一個個扶手頓時出現，讓人相信即使他蒙上眼睛也能精準無誤地切割好源源不絕送來的板材。在這身手之下，機台地面始終累積著木屑廢材，忍住巨大的切割聲響和屑粉瀰漫的空氣，不斷把它們清理乾淨正是我的主要工作。

只有在吃飯、停機的時候，我才有機會和陳師父聊天。我誇他手藝好。他揮揮手，不以爲然地笑說：「混口飯吃而已，眞正有手藝的不用機械，用機械只貪圖省工，手底功才是眞功夫，你同學的阿公阿匠師，他才是有手藝。」

阿匠師並不在工廠裡工作，他有自己的工作室，就在工廠後面，鄰近稻田，閒雜人接近不得。陳師父對阿匠師故作神秘，有些不認同：「伊的功夫根本不用怕人看，看得到也學不來！」

不過後來我才知道，阿匠師根本不怕別人學，或者說他還更希望有人來學，他不進工廠是受不了裡頭的噪音，至於閒雜人接近不得是因為工作室裡疊放著許多珍貴木材。我就是幫忙抬出這些木頭出來曝曬才有機會見著阿匠師。

阿匠師娃娃臉，滿頭白髮，個子不高，手臂卻奇長，虯滿筋紋且血脈賁張，活像一隻白彌猴。阿匠師一邊指揮我們抬出木材，一邊還笑著：「人要喘氣，木頭也要喘氣！」我們為了讓木頭喘氣，頻頻喘大氣搬上搬下，才全部搬完不久，阿匠師就說先前搬出的木材喘夠了，我們又急急忙忙把木頭抬回原位。

經過這番折騰，隔天同學們筋肉無不酸麻作痛，遂將前往工作室視為苦差，避之唯恐不及。後來不知何故，林某父親竟改派我和同學大腸前往工作室，作阿匠師專任助手，我倆一聽到消息，猶如晴天霹靂，低聲嚷著：「錢難賺！錢難賺！」

不過，後來情況並沒有我們想像那麼糟，珍貴木頭並不需要常常喘氣，阿匠師後來告訴我們，木頭本身就能調節濕度，這樣一曬知道木頭最大的吸濕能力就行了。阿匠師還教我們辨識木材，他說：「木材好才做得出好物件，現在生意人為了賺錢，壞材加工，噴色改款、加料添重、噴香換味、每樣都做得出來，匠師若分不出來，虧錢事小，做出來的物件不耐久信用受損事大。以前作學徒的，第一步就是區分木材好壞，我好運，小時候就跟著父親在台中八仙山鋸木，日本人專鋸好木，像紅檜、牛樟、紅豆杉、肖楠，若看過眞材實料，很少會被矇過。」然後阿匠師就舉起一根又一根的木材，說那是紫檀、那是黃花梨、那是雞翅木、鐵力木、櫸木、檜木，顏色有何不同、鬃眼大小如何、紋路爲何，不過卻有一共通特質——生長緩慢，非數百年不成材，因此質地堅硬，入水即沉。阿匠師下的結論是：「和匠師一樣，慢工出細活。」

阿匠師確實慢工出細活，他手頭正在做一套紫檀傢俱，六椅二桌，據說已經做好的五張椅、兩道桌就花了半年工夫，眼下只剩椅子一張尚未完成，但阿匠師好似不著急，整天淨拿著雕刻刀緩緩在牙子上雕花形、刻獸紋，有時一天才鏤刻出一隻蝙蝠，椅子的各個部位，搭腦、牙子、聯幫棍、鵝脖、券口、圈口，還散落四周，並未組合起來。阿匠師的兒子經常來看進度，著急地說：「阿爸啊，許老闆已經催過好幾次了，到底還要多久？」阿匠師總是說：「快了！快了！」

阿匠師把最後一張椅子榫孔拼組起來後，整張椅子的雕花鏤獸繁縟地叫人眼花撩亂，目不暇給，同學大腸在一旁搖芭蕉扇，讓多餘的木屑落到地上，我則是把掉落的木屑收攏起來（這些木屑還可變成燃香料），大腸說：「沒見過這麼漂亮的椅子！」阿匠師笑說：「這種仿清代古董椅，繁文縟節，好看歸好看，坐下去就什麼都看不見，虛榮而已，有錢人都喜歡這種桌椅，金玉其外，可以囂擺囂擺。古董椅眞正好看又文雅的是明代官帽椅，幾塊木頭組起來，也不需要繁瑣雕飾，簡簡單單，素雅單純，才最可愛。」我指著新椅子，接著說：「現在好像很少人買這種椅子了吧？大家都改坐沙發了。」阿匠師不以爲然地說：「坐沙發，身軀容易彎曲凹折，不但坐沒坐像，坐久了身子骨也軟了、塌了；坐木椅不同，木頭和骨架硬碰硬，腰脊挺立中正，坐有官相，七筋八脈順暢旺盛，精神氣魄自然不同尋常。」

等阿匠師又用砂紙把六椅二桌細細打磨一回，髹上漆，他兒子便趕忙來搬上貨車，載往許老闆家銀貨兩訖去了。我和大腸忙著收拾散落一地的器具，只見阿匠師直盯著遠去的貨車發呆，我們原以爲阿匠師是捨不得自己的心血結晶又離他遠去了，不料阿匠師卻回說：「這有什麼好留戀的！這種椅子只要不遭火燒，可以撐幾百年，誰能活那麼久？誰的家業可以興旺那麼久？所以不可能永遠只在一家留著，還不是要歷經滄桑，顛沛流離，以後何時相見、哪裡相見，完全沒譜的啦！就像人都喜歡收藏什麼物件，越貴越珍奇越好，桌椅也同款，都不知道到頭來都是空的啦！再久椅子還是會壞的！」

阿匠師當眞是不留戀的，隔天果見他精神奕奕地鋸切起黃花梨木，又是刨又是磨的，正準備製一條新的神明桌。他先把四條桌腳、桌面鋸出樣型，然後量好榫孔位置、大小，一切一鑿，接著便開始雕起桌腳和桌面間短柱的雲紋牙條。阿匠師似乎偏好雕形刻狀的，經常見他在正事告一段落之後，便移往工作室深處四塊一疊的長厚松板邊東雕雕西刻刻，應該是練習之用，因爲速生種的松木比起檀櫸檜楠的價格不知道卑賤多少。

阿匠師有一回同我們介紹松板上的圖像，第一板刻的是魯班乘木鳶的樣子，魯班我們是很熟的，什麼班門弄斧啊從小就知道了，就沒聽說過魯班坐過木鳶的，這會兒阿匠師才解釋道，魯班是木匠祖師爺，他曾經離家做活，因想念妻子，便做了一隻木鳶，坐上去敲幾下，木鳶就飛上天，直飛回家會見妻子。聽完後，我和大腸都露出不相信的表情。接著翻抬起來刻了一半的第二板，上頭是一位木匠揮斧成風的樣子，怎麼看得出有風呢?原來圍觀木匠揮斧的旁人的衣帽都飄動起來，不自覺地抬手護住衣角。阿匠師說，這個故事是古代有個郢人把白灰塗在自己鼻端，薄得像蟬翼一般，就叫木匠用斧頭揮去鼻頭白灰，木匠也不猶豫，揮舞起斧頭，風聲赫赫，聽辨風聲便動手砍去，斧才剛過，白灰便已經削除，郢人鼻頭卻一點傷痕也沒有。大腸好奇地問：「阿匠師怎麼知道魯班長什麼樣?砍鼻的木匠又長什麼樣?我看這兩個人刻起來都像阿匠師嘛!」阿匠師只是哈哈大笑，沒答話。過一會兒才正經地說：「你們要不要學功夫啊！」我和大腸的頭都像波浪鼓一樣猛搖著，大腸說：「做這個太辛苦了！我以後要做生意。」我則說：「我希望可以考上師大當老師。」阿匠師似乎很失望，接著就不說話了。

暑假很快結束了，我們領了工錢，又回到學校的書本裡頭去雕繪各自的大學夢。

聯考前一個月，學校停課，高三生都在圖書館或教室裡猛啃書，靜肅中夾雜一份緊張，同學林某有天跑來低聲同我說：「我爺爺過世了，我爸問你們要不要來上個香？」「怎麼會？他身體那麼好。」「在床上睡覺，隔天一早就叫不醒了，我爺爺九十一歲了，也算壽終正寢吧。」

原先大腸還有禁忌，想都快聯考了還去上香，怕觸楣頭。我說服他說阿匠師是高齡有福的人，沾他的福都來不及了，哪有什麼晦氣。大腸才勉爲其難地答應。

到了阿匠師的靈堂前，舉香祭奠如儀自不在話下，不料同學父親竟對靈前大聲說道：「阿爸，你最後一次想傳手藝給他們的兩個小孩來了，雖然沒師徒緣，不過也請你保佑他們身體健康。」我和大腸嚇了一跳，覷著彼此。等我們行禮結束後正要轉身離開時，卻意外瞥見了靈堂後阿匠師的棺材，那棺材竟是由那四塊雕滿木匠故事的松板所組成，而不是其他珍貴木材。

許多年過去了，大腸成了電子公司經理，我也順利當上老師。最近一次同學會大家聚在一塊兒，話題又提到了阿匠師，大腸才說，幾個月前同學林某家的木工廠遭了大火，廠房、設備、木材付之一炬，損失慘重，後來卻被警方查出是他們自己縱火要詐領保險金，還被收押起來，鬧得沸沸揚揚。我問怎麼會這樣？大腸說：「阿匠師死後，手藝沒傳下來，也就沒人訂做高級傢俱，營收少了大半，加上近幾年大陸、東南亞進口便宜木料、成品，原先的加工產品一下子就失了競爭力，苦撐了好幾年，最後也沒辦法了吧！」

大家還在嘆息著，我忽然想起阿匠師的話來，他說過沒有什麼東西是永居常在的，富貴貧賤、有無得失，都在變動流離當中，看清了這些，才能眞正坦然。可惜的是，阿匠師曾有過的好手藝，也在變動流離當中永遠消失了。

也於是每當我在課堂中提到「匠」字時，必要仔細分析一番，並且特別叮嚀學生，任何工作都是技術本位的，無技不成匠，就像一般人把教書匠當嘲笑話，可眞壞了匠字本意，當什麼匠不打緊，重要的是當個專家匠、當個好匠、當個坦然的匠，比什麼都來得重要。

吟嘯

命運相當奇妙，開個玩笑似地讓人岔出生命軌道，東衝西突，跌跌撞撞，短則三年五載，長則十載廿年，興許還能幸運接回原軌，可有些人就沒那麼幸運，踉踉蹌蹌一輩子，怎麼回就都再也回不去了。

我伯公便是那種回不去的人。

打我有記憶開始，就和伯公特別投緣。據我阿公說，他這個哥哥人品高，學問好，偏偏個性古怪，自從發生那件事後，不得已回到蔥仔寮，安分守著老家薄田，躬身耕耘，便不太與人來往。當時我阿爸在金門當職業軍人，阿母整日在田裡幫襯，我是讓阿媽褓褓照顧大的，我們家族三合院裡蹦蹦跳跳許多小孩，我伯公單單只愛抱我。

我伯公和整日忙於農事回到家就搖扇喝茶聊天的蔥仔寮村民大不相同，農事忙畢，他會先洗澡，然後在黃昏的巷弄裡散步，看看賞賞，有時走遠些，會爬進村外唯一的小丘嶺——㙟仔頂，那裡面全是墓仔埔，一個人待上好一陣子，等天色全暗後才出來。回家後，便倒頭大睡，直至天亮。不過等我懂事後，他的作息稍稍改變，在他回家後睡覺前，會先教我一些事兒。

教什麼呢？無非就是唱唱歌兒，不過伯公相當認眞，管他叫吟詩。那時節，阿公經常在院埕拉殼仔胡咿咿啊啊唱著歌仔戲，大夥兒圍在旁邊聆賞叫好。我呢，就躲在伯公房裡隨他高低起伏的聲調亦步亦趨吟著詩。我印象中第一首學的是〈長干行〉，調寄宜蘭酒令，節奏輕快，很快就能朗朗上口。學會後，伯公立刻分派詩句，唱將起來，伯公唱：「君家何處住？」我得和：「妾住在橫塘。」再一起合唱：「停船暫借問，或恐是同鄉。」我那時年紀小，覺得能這樣唱歌眞是快活極了。

伯公教我吟詩的聲調和後來在學校裡學的四聲國語不同，他說：「閩南音分成平、上、去、入四調，再細分的話，各有陰陽。」我當時完全聽不懂，伯公只好舉例唸道：「君、滾、棍、骨，就是陰四聲；裙、郡、滑是陽三聲。」聽著聲調變化我有點兒開竅，伯公隨即傳授四句吟唱口訣，他說：「吟詩原則不外平聲平道莫低昂，上聲高呼猛烈強，去聲分明哀遠道，入聲短促急收藏。」伯公用「欲窮千里目，更上一層樓」為例，說明聲調是「去平平上入，去去入平平」，吟的話聲調就是「短長長昂促，短短促長長」。伯公要我練習，他先唸「國破山河在，城春草木深」兩句，讓我知道四聲變化，再叫我試吟看看，才剛啓口，喉頭竟覺哽咽，幾乎續語不得，好容易吟完，胸間頓覺戚戚。伯公看出我表情變化，便說：「這是亂離詩，聲情本該如此，你要不這樣吟，也體會不到作者當時心情。」

就這樣，打我念山內國小開始一直到虎尾高中畢業為止，伯公一路從唐詩教唱至宋詞，再回轉漢魏樂府上溯《詩經》、《楚辭》。伯公常說：「唐詩韻高，格調深廣，吟之足以開胸襟；宋詞情深，曲折綿邈，唱之足以抒性情；樂府剛正，氣力四出，歌之得以壯膽識；《詩經》雅正，委婉美刺，誦之足以養正氣；《楚辭》幽怨，哀情四現，朗之可以興忠義——要不知道這些道理，有口無心，吟了等於白吟。」

等我上台北念師大後，加入南廬吟社繼續學吟詩，但社中學長姐們對吟詩的要求和伯公大不相同，學長姐認為吟詩重在字正腔圓，板眼清楚，每字的韻頭、韻身、韻尾及聲調變化，均要嶄截明晰，圓融無跡，最忌拖泥帶水，含混不清。社裡教吟唐詩、宋詞和元曲，唐詩採用各省吟調，如黃梅調、鹿港調、湖南小調等，宋詞則採《碎金詞譜》，元曲則依《九宮大成譜》，按譜吟唱，各有規矩，踰越不得。偏偏我五音不全，音感忒差，一曲連唱數回下來，回回音調皆不相同，加上台灣國語過於嚴重，老惹得學長姐們無可奈何，頻頻搖頭。

等暑假回蔥仔寮後，我趕緊把這種挫敗感告訴伯公，怪他小時候不先教會我標準國語，老用台語亂吟，也沒教我識譜倚聲，如今落了個不登大雅之堂的窘境，他老人家聽了哈哈大笑了幾聲，才說道：「你們淨做些捨本逐末的事兒，怕不把詩給吟僵了！」接著又說：「你們沉迷曲調聲韻，怎麼能領略吟詩的高妙呢？」這話我很是不明白，急忙追問，伯公這才把剛拔完花生的手腳緩緩洗淨，也不忙著回答，要我待會兒同他一塊兒散步。

伯公領著我走在彎曲的巷弄裡，夕陽黃澄澄地潑衫甩袖，把整個蔥仔寮燦爛包裹住，伯公略仰著頭問我：「聽到什麼聲音嗎？」一旁九嬸婆養在三合院前的牲禽這時逢人便擠挨成一團驚天動地叫著，我手指著小時候曾追咬過我的兩隻火雞說：「火雞聲諾。」

「火雞為什麼會叫？」

「緊張吧。」

伯公接下來就沒說話，很快地我們走出村莊，踏上田間土徑，來到嵙仔頂旁，伯公從一顆苦楝樹下鑽進蔓草堆裡，我跟在後頭，直往上爬，爬到嵙仔頂的制高點，左邊可以俯望整個蔥仔寮，右邊則是滿坑滿谷的墓塋。

伯公先把腳邊兩座墳新長出的雜草清除乾淨，大墓是嬸婆的，小墓則是伯公未及出世的夭子，兩座墓比起其他雜草叢生的墓塋顯得格外整潔清爽，原來伯公每天傍晚都會上來嵙仔頂修治理草。拔完草，伯公拍拍手，又站上制高點對著我說：「你仔細聽聽。」然後伯公倒吸一口氣，緩緩吐息，隨即發出細細瑣瑣的咿咿，彷彿微風輕躍草尖；繼而撮口合唇，嗚嗚漸大，猶如牛角號響，一片肅穆；其後轉入喉音，佐以蕩舌，彷彿幽愁暗恨，纏繞四周；忽又音韻轉高，跳躍迴旋，朗然清響，好似春意盎然；伯公俯身再深吸一口氣，仰起首，驟爾長嘯，我感到一陣驚恐，直覺魂不附體，待稍稍凝神之後，復覺飄飄然，形骸魂魄又隨伯公的聲調變化忽而起、忽而伏、忽而邇、忽而遠；時而靜定、時而盤旋、時而斂止、時而舒展；居然就在一音變化之間，感到無窮盡的時空流轉變化。

我已經記不清當初是怎樣離開嵙仔頂，怎樣結束暑假回到台北，只記得回學校後就有一搭沒一搭地參加吟社例會了，我彷彿模模糊糊得悉一些聲音上的境界感受，不再滿足於聲調音韻的精工切當了，也於是當我讀到《莊子・齊物論》時，看見「南郭子綦隱机而坐，仰天而噓，荅焉似喪其耦」，伯公的嘯聲就會再一次迴盪耳畔，而莊子所說的「形固可使如槁木，而心固可使如死灰」的話，對我而言就不再只是文字而已，而是一種心靈上的共鳴與契合。又譬如讀到《三國志》載阮籍長嘯，清韻響亮、陶淵明〈歸去來辭〉：「登東皋以舒嘯」、蘇東坡〈後赤壁賦〉：「劃然長嘯，草木震動，山鳴谷應，風起水湧。」我都會再一次回想起崁仔頂上的那次震撼。

阿公打電話到宿舍時，我正在頂樓曬衣服兼隨心所欲地吟著詩，室友找到我說家裡有急事，要我趕緊接電話，我匆忙下樓抄起話筒，聽阿公說：「你伯公中風，人說走就走，趕緊轉來喔。」

我趕回蔥仔寮時，姨婿們已經在趕製喪服，伯公被擺放在祖宗大廳裡，隔著一塊板置於地上，煙香繚繞，佛唱聲綿密，我跪在伯公的身旁，握著他的手，阿公在一旁說：「阿兄，你尚疼的阿誠轉來囉，你業勢安心去囉。」伯公微弱地喘著氣，眼眶和嘴部都已經凹陷，肌肉乾癟鬆垮。阿公對我說：「你伯公看你小漢面相有出脫，才會特別疼你。你不知伊以前是在東京一間大學讀文學碩士，轉來參加社會運動，白色恐怖時代去乎關在台東監獄十一冬，你嬸婆每個月千里迢迢去台東看伊，一次煞發生車禍，連欲出世的囝仔攏保不住。後來換我去看伊，不敢給伊講，過一段時間伊不知按怎知影，獄長就說伊起肖，常常胡白吼。」

出殯當天，所有人都散了，我一個人留在嵙子頂，只有我知道伯公的長嘯聲並非精神錯亂，而是充滿著濃濃的哀傷。或許全蔥仔寮的人都認爲造化弄人，讓伯公這種人才老死窮鄉僻壤，不得其用。但我覺得，伯公岔出生命軌道的同時，卻又找到了另一種安身立命的處世方式，他隱於鄉野，盡情享受天地自然，日日夜夜陪伴他所心愛的人，這樣難道不也是一種幸福嗎？

我在伯公、嬸婆和大伯的墳前，徘徊許久，最後還是決定深吸一口氣，緩緩吐出……

時間手

1

手錶罷工停轉，時間忽焉模糊起來，起初猶下意識頻頻顧錶，拍敲錶面，難以相信時辰竟停滯不前，寸陰不動；繼而只好憑感覺猜料時光，想晨光尚暖必是七八九點之譜，飢腸轆轆應該接近午時幾刻，黃昏送霞暉必是六七點左右，人倦神困必已至子夜時候了。只是時間一模糊，許多事竟顯得不甚真切，如該開的會，錯過了；該見的人，未見著；該交的文件，遲交了——意即當千般事情有了時間落差之後，急的緩了，徐的急了，很重要的，錯失了，眞經歷上了，好似也沒想像中嚴重。如此看來，有一搭沒一搭模糊地過活度日，竟也沒較一絲不苟準分確秒地生活來得有多糟糕。

只是久而久之，親友頗不耐煩，「約幾點吃飯？」「今天天黑的時候。」「幾點幾分？」「天色七分黑左右。」「到底是幾點啦？」為免情誼破裂，只好告以手錶故障未修，無可奈何只能依此憑據，親友深不以為然，連珠砲反問，你不會問路人喔？你不會看屋內的時鐘喔？你不會看公車、計程車內的數字錶喔？你不會看大樓頂上巨大顯示器喔？一時間啞口無語相對，只能浩嘆人皆有錶，伊我獨無，此尚不打緊，只是時間彌天漫地，我竟無所逃於其天地之間，得無哀哉悲哉。

一良友恰巧錶壞，便邀同行。錶行老闆一見良友手中乃勞力士，喜出望外，殷勤招呼，便告以此錶已晉古董，價格不菲，須半年保養一回，每回僅索價三千，此番再加上維修只要五千元即可，良友一時心動，慨然應允。老闆在右眼眶安上小筒鏡後，立時用器械將錶背開膛剖肚，棄舊更新，濡油潤滑，不在話下。良友與我自在店中隨意觀覽，意外發現老闆身後有一玻璃小櫃，藏有各式古董鐘錶，其上各有標價，數萬元至十萬元不等，老闆頭也不回，逕自說道：「那些錶都是名牌，有江詩丹頓、百達斐麗、積家、卡地亞和勞力士，腕錶的價值又比懷錶高些，有興趣可以給你們打個折。」我甚有自知之明，遠觀可以，還談不上闊綽到願意一擲千金買來玩戴。良友的名錶原是其父遺物，愛之惜之，還有一層睹物思親的意思，絕沒道理浪擲錢財買戴貴物以自揚。過好一會兒，終於修妥勞力士，輪到我的夜市牌手錶，原來是電池放盡，重安上一枚新的，調妥分針秒針——我也就重新歸隊，回到眾人的時間秩序之中。

雖說時間待人最為公正，無論貧富貴賤，各皆一日二十四小時，哪怕有人渾噩茫然十二個時辰當作一個鐘頭給廝混過了，有人焚膏繼晷夜以繼日一日充當兩天用，都無損於時間「逝者如斯，不捨晝夜」，一分一秒地消逝無蹤。而分秒轉動的訊息俯仰皆是，牆邊、車裡、懷中、手上，再再提醒，沒有停下腳步之時。特別是手上，像戴了一條宇宙計時器，渾欲與天地萬物同節奏、合一體。只是時間雖同，但顯示時間的工具卻差異極大，貴賤奢樸，可至天差地別，手錶有三隻一百，也有鑲鑽嵌金所費不貲者，好似手上戴著珍貴腕錶，時光就變得格外寶貴一般。

2

「你們都是困在時間的人啊，」阿通伯取下小筒鏡，一邊收拾難得一見的名錶零件，一邊對著我說。那時我還在讀大學，趁放暑假回到老家，正興致勃勃同他絮說第一次出國到日本，風光如何、飲食怎樣，說到了居然真有時差這回事，每天加加減減一直算正確時間。「而我卻被困在空間裡。」阿通伯說完便嘆了一口氣。這意味深長的嘆息聲中，我多少能體會，像阿通伯這種自年幼即患小兒麻痺，行動不便，特別是在鄉間失去勞動力幾乎等同失去生存能力，好在他因緣際會學了修錶和刻章功夫，得以在褒忠鄉街上與人合租一爿店面，店面一分爲二，一半是配眼鏡和賣黃金的，另一半則是阿通伯的印章、鐘錶店。我們家的印鑑、鐘錶都從阿通伯購得，父親常說：「人之不幸而有殘疾，或者腳殘手不殘，或者是手殘腳不殘，或者四肢皆殘，你阿通伯正是腳殘手不殘，孔老夫子說：『天生我才必有用』（這是他老人家胡謅張冠李戴的話），上天給他關了一扇路，自然會另開一扇給他，只是我們能幫襯著就得幫襯些，我們手腳好端端，還吝惜個什麼。」

阿通伯被困在空間，指的無非是因雙腳殘缺著實限制住了他自由行遠的能力，此一限制並非僅有實質地理空間，尚包括了理想空間的拓展。「不過，我至少掌握了時間。」阿通伯得意地回頭看著地上木欄杆圈圍內正撥弄玩具的小孩，那是他近六十歲時，政府開放外籍娶親，通過仲介得以娶得一名三十二歲越南新娘，這種事褒忠鄉人已經司空見慣——在鄉下，只要個人條件差了一等，如學歷低些、容貌醜些、家境清寒些、年齡老大些、身體殘疾些，要與人攀論婚嫁談何容易——因此對阿通伯娶妻之事也就寄予無限同情及祝福，更況且他始終是單身哩，只是大家難免好奇，他該如何在床笫之間駕馭新婦呢？犯不著大家過多猜測，新婦的肚皮很快便有了消息，懷胎十月，竟出落了個精壯白胖的健康小子。父親得知消息，便在一旁的金子店打了一條金鎖片送給小孩戴，阿通伯自然是恩謝不已，眉眼間滿是升任父親的得意之色。

阿通伯說他掌握了時間，實乃一語雙關，一者自然是說他於暮年之餘及時努力給傳了香火，自今而後庶幾無愧於前祖先宗；再者便是說他靈巧的手藝主宰了眾人的時間，比方說褒忠鄉人的錶慢了、停了、壞了，無一不送至此處給他瞧瞧、治治、整整，回復正常後才又放行，讓褒忠鄉人回到世界的大秩序當中——哪怕鄉下人倒也未必眞那麼重時間、確分秒，不過一錶在手，多少還是安心。

我當然知悉阿通伯言外之意，不免要安慰安慰一番，便把暑假前在課堂上剛學了一半的《莊子》拿出來賣弄，順便寬解一下阿通伯。《莊子》書裡頭有篇〈德充符〉，主角盡是殘疾者，缺腿、貌惡、駝背、兔唇、脖子長大瘤，讓人驚心駭目，但莊子卻先講了個故事，說孔子到了楚國，途中遇見一群小豬擠挨在母豬身上吃奶，一會兒才發覺母豬斷了氣，竟全驚慌地拋下母豬跑走，孔子因而領悟，那是因爲死去的母豬已無知覺，不似先前模樣了，同理可知，常人親愛母親，並非親愛她的形體，而是親愛那能支配形體的內在精神、內在魂靈。因此，只要內在的精神有所發揚，形體上的完整缺陷與否、美醜強弱差異自然會被遺忘，假若一個人牢記應當該忘記的外在形體，而忘記不當忘記的內在德行，才是眞「忘記」了。書上還說道，魯國國君想把國家交給一個貌惡之人哀駘它治理，此人未言而人信之，無功而人敬之，魯君問孔子是何道理？孔子說哀駘它乃『才全德不形』之人。我下了一個結論，說：「阿通伯，你幫人修手錶，受人信任，得人尊重，不正是哀駘它那種未言而人信，無功而人敬的人嗎？」還等不及我好生解釋「才全德不形」是何意思，阿通伯便搶白說道：「那是你們讀書人一廂情願的說辭。」才剛說完，正巧年輕的阿通嬸洗完澡出來懷抱小孩，一邊用少許的簡單詞彙和阿通伯比手畫腳溝通著，我不便多聊，只好拿了修好的父親的手錶，告辭回家了。

時光在修好的手錶內轉盤一齒格一齒格地旋轉，前進，消逝。

無聲影幾年過去，老天爺彷彿開人玩笑似的，竟讓阿通伯中了風，癱了半邊，加上原先瘸了的雙腳，全身有四分三報銷。從醫院回家後，爲了生計也沒多餘工夫復建，便用還能使喚的右手持械修錶，褒忠鄉人知道阿通伯這下子修錶速度肯定慢了，但都沒多大計較，仍陸續送錶來修，畢竟手錶於他們從來不曾重要過，花多少時間修錶當然更加不打緊，但阿通伯於他們卻是多年情誼，這點支援都還是有的。

又過一年，阿通伯二度中風，動彈不得，整個人算是癱了，親友們商議如何是好，最後決定「等日子」，什麼叫等日子？就是用塊木板擺在店內大廳，把阿通伯放在上頭，爲了確定他會趕上日子，將停止餵食任何東西，如此一來究竟是病死還是餓死，誰也分不清。這種決定初初聽聞覺得殘忍，但從家屬看來，或從阿通伯看來，困在軀體空間細數時間流逝，或者累贅家人照顧一個幾近消逝的生命體，兩相比較，到底何者較爲殘忍，誰也說不準。

阿通伯斷氣後，父親領我去上香，我望著靈堂上的遺像，一時想起他生前同我說過，想弄一隻錶是倒著轉，與眾人皆不相同，一點之後是十二點，十二點之後是十一點，當時只覺得他開玩笑，如今細細深想，裡頭竟有一層悲哀，難道阿通伯想回到從前、回到那個懵懂幼年，然後重新活一遍四體康健的人生嗎？

3

在台北新修好的手錶沒多久開始出現慢分狀況，先是差了一分，繼而兩分三分，最後竟差至十來分，必得自己加減增損才能和眾人時間對齊，勉強跟上全世界的腳步，但我完全不想再拿去修理了，慢便慢了，又有何妨？就像原先我想告訴阿通伯的「才全德不形」，無非是說「生死存亡、窮達貧富、賢與不肖、毀譽得失、飢渴寒暑，全是事物的外在變化而已，就像白天黑夜在人面前輪流交替，人的智慧絕無法窺見其始其終，知曉於此，此等變化便不能擾亂我們胸中的純和之氣，純和之氣能夠常保，便能領悟天地和樂之氣，以無心之心順應一切變化，一切自然而然，任何德行便無須強調或顯現。」但就算我知悉且及時述說這番道理，阿通伯就一定不知道？我就一定能知之行之嗎？看來未必。抑或我只是空有知識的淺薄傲慢，有其名卻無其實，說不定阿通伯早已看穿時間和空間的無窮奧義，因他苦難的一生和對時間的接觸與敏銳，雖則他沒讀多少書。

我的錶真的慢了，逐漸脫離這個世界的主節奏，我想沒有關係，慢了也好，早晚是要脫離時間的漩渦，早一些認清較好，誰能永遠跟緊時間的腳步，亦步亦趨分秒不差？所以當我再次望著時間從手腕上一數字一數字消逝時，便真能釋懷了，真的雲淡風清了，只是還真想問問阿通伯一聲：

「在時間之外還修錶嗎？」

橫吹縱綻

坐在正中央的老人拍了一聲響板，只聽見左前方斜抱三弦和琵琶的兩位老人指頭輪動，捻點挑掄，撥出一聲聲朗淨的旋律，三弦聲圓厚低沉，琵琶音清脆鏗鏘，彷彿一陰一陽相互補足。忽然右後方大腿上端立著一把二絃的老人按指運弓，擦拉出一聲聲粗糙而哀惋的弦音，穿梭在三弦和琵琶的單音之中，織成一張細密的樂音之網，輕飄飄地撲灑在靈堂前的每一個人臉上、身上，看似完整無缺地包覆著，但大家都知道，裡頭還少了一把樂器和一個人，——而那個人的相片正高掛在靈堂上，樂器則擺放在祭台中央。

我保送進師大後，先是在室友學長的帶領下加入南廬吟社學作古詩、習唱舊調，唱唱寫寫過了兩年，後來吟唱組配樂的學姊畢業，後繼乏人，社長看我會彈點吉他，便指派我到國樂社去學笛子。說來好笑，吉他和笛子相去何啻萬里，且今世何世兮居然還有人要學老掉牙的中國笛？話說回來，我們吟社本身在師大原就是個老古董，在同學眼裡這個社團的人都怪怪的，較之席捲全校充滿歡樂氣息的吉他社、四海社（團康），可說是勢單力薄、孤苦伶仃，奇怪的是這個社團總也不倒，總一直在人丁單薄下一脈相傳，不絕如縷至今。不由得我拒絕，社長拍拍我的肩膀：「好好學，明年配樂就靠你了！」

我當時窮，買不起笛子，社長特地把社上五、六把長短不一的笛子取出借我。我隨手抽了一把晃進國樂社，才發現學笛子的人還眞不少，二十幾個同學擠滿教室，各科系各年級都有，還有研究生也來湊熱鬧，教笛子的老師非常年輕，大學剛畢業，在台北市國樂團吹笛子，私底下也收學生教。他先取出背袋裡的各式笛子，說：「笛子主要分爲梆笛和曲笛，梆笛身細而短，發音嘹亮，尖銳高亢，是吹高音用的笛子。」他抽出一把短笛湊近唇前，立刻吐氣揚眉，群指飛舞，輕快而矯捷地吹奏出曲子，這曲子我們耳熟能詳，小時候電視節目「每日一字」一開頭寫書法配樂的就是這首〈陽明春曉〉，一時間大家彷彿感染氣氛似的，聚精會神地聆聽著、驚訝著，不久停了下來，他低頭換了另一把較長的笛子，說：「這是曲笛，曲笛身粗而長，音聲廣實柔和，流行在中國南方，後來成爲崑曲的主要伴奏樂器，才被稱作曲笛。」接著又演奏了一首緩慢而神韻優雅的曲子，我後來才知道叫〈姑蘇行〉。然後他指導大家如何把柯膠沾水貼上笛膜，再用兩手大拇指拉出橫紋，好吹響聲音來。最後他說初學要先吹長的曲笛，我看了一眼我手上這把，好巧不巧，是支短梆笛。

我在國樂社學了半年，知道曲笛首重氣之掌握，綿密悠揚的笛音得靠氣運飽滿而久長，抑揚頓挫則得靠氣勢強弱而起伏，而梆笛首重舌之技巧，輕點跳躍的笛音得靠舌尖飛快吐動，騰滾無歇則得靠舌面飛翻震盪，再加上梆、曲笛都需要的手指敲顫滑倚，交織成各種豐富技巧。所謂師父領進門，修行在個人，我自個兒練笛時，起初最常犯的是臉紅脖子粗、英雄氣短的毛病，接著便是舌面呆滯、舌尖打結的窘境，後來便時不時在路途上、課堂中大吸大吐、長吸慢呼，辛苦中才覓得一股沛然之氣，並無時無刻滾動舌頭，最後終於才在眾人側目的公車後座上練成舌技中最艱難的花舌（喉氣衝出而舌尖急速滾動不迭），這時節才勉勉強強地能吹完整〈陽明春曉〉，一天到晚颼啦颼啦颼啦颼啦地吹個不停。

但笛子一吹起來總是驚天動地的響，不像吉他可以在寢室裡輕撥細彈自鳴自唱，要是膽敢在宿舍裡把小小的笛子吹炸整棟大樓，不用等到五樓的體育系衝下來打人，隔壁的學長早就受不了踢破門破口大罵了，自然也不可能像國樂社的笛子手或音樂系學生有特別的密閉隔音室專供練習，我只能趁平日下課或假日時間，一個人避開人群，溜到校園裡植有數十棵高大直立椰子樹被美其名爲維也納森林的草地上練笛，彼時笛音一吹綻而出，猛烈地鼓動耳膜，旋即橫射而出、盤旋而上，穿梭於椰子樹幹之間，嗡嗡然在四爿紅色古樓繞環撞碰，也就在那一刻我吹徹了〈鷓鴣飛〉，感覺自己像不會飛的鷓鴣飛進了天空，在圓潤低婉的笛音中翔飛自在，久久不歇。等到我滿意地收束曲音，這才赫然發現，不知從哪來的三條流浪狗正趴在腳邊乖乖地聆聽哩。

暑假回到雲林老家，怕驚擾鄰居，只能趁傍晚跑上頂樓練笛，襯著西天彩霞，讓笛音響飛起來，流盪竄撞低矮的樓房、街道，越過家門口的木材行飄入阡陌縱橫的農田，有時恰巧我阿母正在田裡幫人拔花生，聽見笛聲老遠就衝著我招手。要不就在正午時刻，騎腳踏車到國小母校司令台，炎炎夏日，對著雜草叢生的操場縱聲揚笛，抖擻整座運動場。有一回，我又騎腳踏車要到學校練笛，心血來潮改走大路，不抄小徑，忽然在轉角的三合院前聽見弦管齊鳴，很是驚奇，走近一看，發現幾個老人擠坐在亭仔腳，手上各持一款樂器，正忘神地吹拉彈唱著，我把腳踏車停在門口，探頭探腦，想聽個仔細。忽然樂音停止，其中一名老人看見我，對我招手，喊著：「少年仔，要聽，來。」

我怯生生地走近前，才發現老人手裡拿著一管洞簫，他看見我車籃內有一把笛子，便對我說：「你那隻笛子吹起來太響，來試吹看未，尺八聲是不是較沉較重。」老人從身旁取出一把洞簫給我，先示範一下吹法，嗚嗚作響，然後要我依樣畫葫蘆自己練習，他又回頭去和其他三個老人團練樂曲。我坐在四位老人旁邊，弦管繽紛而出，感覺很像徜徉在疏林湖畔小木屋之前，既蕭索又生意盎然。我看著手中的洞簫，管身粗大，竹節清晰，底部像喇叭狀放射而出，上頭除了六個按孔之外，並沒有笛子該有的膜孔。我試著直直吹入缺口，悽悽粗粗，猶如風過林梢，呼呼唧唧卻不成樂音。再努力幾回，一鼓作氣貫入管腹，終於發出厚實簫聲。老人聽我把洞簫吹響，很是驚訝，停止吹奏，抬頭對其他老人說：「會曉吹笛子，吹尺八確實較順手。」然後他拿出一本曲譜，打開給我看，裡頭密密麻麻寫滿許多符號，老人說：「這行唱作乂、工、乂、士、乂、一……」我一頭霧水，完全看不懂，老人方才解釋：「這是工尺譜，我教你看，有ㄨ（唸作乂）、工、六、士、一，這五音旁邊畫圓圈表示幾拍。」老人便一個個音用台語慢慢直接唱出，偏偏我是個音癡，聽了老人解釋過好幾回還不太不懂，老人便叫我自己先琢磨琢磨，回過頭去練他們的曲子之前，對我說：「較早我練這就是這樣直接唱，也從未學過簡譜呢！」

此後，我每天中午就會到亭仔腳跟著四位老人一起吹洞簫。四位老人，一個斜抱琵琶，一個拉三弦，一個拉二弦，一個吹洞簫。平時會教我的是吹洞簫的老先生，我到現在還不曉得他叫什麼名字，他教我吹洞簫時常說：「我現在也在國中教社團，南管文化一定要靠少年人給傳下去，不可以這樣就斷去，古早時，阮們也是老師傳傳下來，日本時代阮們就這樣彈奏，以後你們也是要傳下去。」我其實對南管沒什麼興趣，只對洞簫聲音特別著迷，但第一次聽老先生這樣說，大吃一驚，居然有如此深的使命感。

我學洞簫的時間沒有很長，約末一個月左右吧。突然有一天，我吃飽飯到了亭仔腳，卻發現老人們都沒到，原以爲休息一天，遂自個兒跑到學校操場練笛子。沒想到隔天就發現三合院架起棚帳，門口貼著一張紅紙，寫著「制中」，我嚇了一跳，又不敢唐突進到裡頭問到底發生什麼事，一直在門口徘徊，好不容易等到其中一個老人出現，他告訴我，我的洞簫老師在家高齡壽終了。我聽了，一時呆傻，不知道如何是好。老人領著我進去，拜了三拜。出門後，我一個人跑到操場，抽出洞簫，嗚嗚咽咽地吹將起來，簫聲纏綿悱惻地飄散在操場野草之上、曠野之中，久久不歇。

出殯當天，三個老人神情異常冷靜地擦拉弦索、彈撥琵琶，雖然少了洞簫陪伴，仍然有條不紊地傳聲遞音，好像在前方爲好友引路，又好似在呼喚招魂似的，一聲哀怨過一聲，我很想也抽出洞簫陪伴老人們一起吹奏，但我還學不全、記不牢，只能望著靈堂，逼湧無限遺憾，也許耳邊還會響起老人焦慮的話語：「千萬不通乎伊斷去囉。」但是沒過多久，我就知道可以不用太過悲傷了，接下來出現一批學生進到靈堂，坐定位置，立刻準備好自己手中樂器，弦管交錯地齊鳴起來，——那是老人所指導的國中社團學生。

於是，在這麼悲傷的時刻，我卻替老先生感到欣喜，一聲又一聲的南管樂音在年輕學生口中、手上又彈奏吹響了起來。

傷逝

阿松，讓我先來告訴你兩個故事。

你以前念國中、讀高職時不知道老師是否講過，在先秦有個哲學家叫莊子，老婆死了，朋友惠施去探望他，一眼就瞧見他蹲坐門口，邊敲瓦盆邊唱著歌兒，惠施有點兒不高興，指責他說：「你老婆跟了你一輩子，爲你生養小孩，如今年老身死，不哭也就罷了，反倒敲瓦盆來唱歌，不是太過分了嗎？」以前老師講「鼓盆而歌」成語只講到這裡，我很認同惠施的話，覺得莊子那樣無情，實在太過分了。老師沒有讓莊子多做解釋，繼續往其他成語講去，從此之後有好長一段間，我誤解莊子，他其實還有好長一段話藏在書裡，得等到我讀大學後才能遇上，不過這是後話，這裡暫且不提。

魏晉竹林七賢有個叫阮籍，行爲放誕不拘，母親過世，朋友裴楷去弔唁，阮籍剛好喝醉酒，披頭散髮坐在床上，兩腿橫開，沒有哭泣，見裴楷進屋，也沒有起身致意，只離開床席坐在地上。裴楷哭著弔唁完畢，就離開了。照我們現在眼光看來，這阮籍也太沒禮貌了吧，家有喪事還縱酒酣暢，連賓客應對都那樣敷衍隨便，甚至臨到埋葬母親時，自己又蒸了一隻肥豬吃，弄了二斗酒喝，看似不孝之極，不過後來我們看見他和母親棺槨臨訣時，不斷地喃喃自語：「我也活不下去了！我也活不下去了！」勉強用盡全身氣力才發出一聲長嚎，然後口吐鮮血，倒在地上，很久還爬不起來。我們才理解他內心有多悲傷。

這樣才能告訴你，事情發生一個禮拜之後，我南下旗山看你爸媽，他們和幾位陪伴在旁的親朋好友，團團圍坐在廚房門口，還能說說笑笑，你爸還故作瀟脫地當著眾人指著你媽笑說：「啊我有叫伊要較堅強耶。」大家聽後全都哈哈大笑（我那時想你爸該不會也學莊子吧）。但是大家不可能忘記，一個禮拜之前，當他們聽聞消息，你媽隨即趕往現場，你爸因脊椎受傷行動不便只能待在家裡，可是他卻比你媽早先一步確認了消息，他老淚縱橫，不斷用拳頭捶打胸膛，叫嚷著：「捶乎心肝麻去，捶乎心肝麻去，這樣才不心痛！」然後你媽回家後從早到晚只是坐在客廳沙發上，不發一語，失魂落魄，嗚咽掉淚，你阿姨們輪流陪她睡在沙發上，她們睡眼朦朧中發現你媽還一直醒著、淚著。你爸也是，你妹阿敏陪他睡，他半夜不斷醒來，有時躺著、有時坐直身子，獨自抽泣掉淚，睡在一旁的阿敏全都知道，因爲她也無法入睡。

事情發生後，你媽不斷自責，要是兩個月前不答應大兒子張正和搬到高雄住，也就不會發生這樣的事。但是，阿松，誰能預先知道那些事呢？誰能預先知道正和之前的頭痛並非感冒，而是慢性一氧化碳中毒症狀，誰能預料隨處可見的藥局居然會開出克流感的藥，讓正和睡得更熟，誰能逆料同住一層在夜店工作的室友半夜回來才洗澡，偏偏熱水器就裝在正和房間的窗邊。當你媽趕到現場時，居然有人發名片給她，上頭寫著喪葬顧問公司，她慌了，原先只通知說很危急不是嗎？她還一直想說爲什麼不趕緊送醫院？但是救護車早已經來了又空著離開了，室友轉述，救護員說已經沒有生命跡象了，警察隨後出現，用黃色膠條封鎖現場，你媽和你阿伯看見正和安詳地躺在床上，而我再不忍心多加描述你媽的反應和表情。

後來事情變化有些玄，你也知道你媽虔誠禮神拜佛，日日燃香祝禱，經常和進香團到各地名刹掛香，事情發生後。同爲進香團員的鄰居安慰她：「正和在初一往生，人都說初一往生，是乎天頂的神接去。」你媽才能從自責的深淵中稍稍超拔出來一些。更玄的是，你妹阿敏經過董公廟，廟裡的乩童攔住她，告訴她說：「回去跟妳媽說，二十年前妳哥延的命壽已經到了，這種事情才會發生。」阿敏回家轉述後，你媽才想起，正和四歲那年，門口突然出現一位陌生老人，看了正和一眼，便告訴她說：「這個小孩命數已盡，若還想要這個小孩，要趕緊去延命壽！」你媽聽了大吃一驚，二話不說馬上到董公廟拜託請乩童改運延壽，改運後沒多久，有一天正和在家門口前玩耍，一不小心給掉進大排水溝，眼見就要滅頂了，偏那麼剛好有大人經過，一把撈起，保住一條小命。你媽講起這段往事，當然淚眼婆娑，還說：「早知道四歲時掉進水溝裡死掉就好了，才不會現在這麼難過！」我們當然知道，這不是眞心話。

一般遇上這種事，很少不找個代罪羔羊來發洩滿腔的湖怒海怨的，——最起碼得指責他的室友爲什麼半夜還洗澡，要不也得告房東裝設熱水氣不當過失殺人，甚至還可以抬棺到藥局抗議爲什麼沒有處方箋就隨便開出克流感，——但是，阿松，你爸媽什麼都不想追究了，他們說：「講贏了又怎樣，兒子能活過來嗎？」從這裡你就可以知道他們有多善良，寧願自責也不遷咎他人。

阿松，事情發生後，保險公司的理賠單意外出現，你爸才回想起，今年過年時他收到正和的信用卡帳單，裡頭有一筆幾百元的支出帳目不清，節儉成性的他問說那是什麼錢，正和答說：「這是以後若發生什麼事情，你們可以用的。」當時你爸一頭霧水，也沒多問，現在大家才恍然大悟，那是正和退伍後找到工作有了固定薪水，特地投保的低額意外險。但是，阿松，你爸媽完全沒有心思去填寫理賠單，因爲他們寧可不要這筆錢，他們只想要他們的兒子，他們只想要他們的正和。

阿松，你爸媽把正和的衣服、電腦、雜物，燒的燒，送人的送人，他的房間空蕩蕩的，什麼都不留下，因爲你爸媽怕再看到正和的東西又要傷心不止，跟正和從小一起長大的堂哥偷偷留下了一些照片和小物品，他說他要留作紀念。

阿松，你還記得嗎？正和當兵前和他堂哥一起上來台北工作，說要順便見見世面，結果就住在我家，正和在 7-Eleven 上大夜班，每天我們準備睡覺時，他才要出門工作，我們要出門上班時，正好遇見他下班回來，有一回我們故意到他的店去買東西，遇到店長，他說：「現在年輕人好逸惡勞，像正和能這樣吃苦的人已經很少了，將來肯定有前途。」

言猶在耳啊，阿松，一群正和的親朋好友都聚在殯儀館前送他最後一程，那裡有無法跨越的前程迢遙漫長，那裡有深淵般的白髮送黑髮的透骨傷痛，正和那張酷似日本偶像明星柏原崇的遺照懸掛在靈堂之上，祭儀正準備開始，大家立的立，坐的坐，你媽坐在最前排，冷著臉，看似堅強不發一語，道士正在換裝，司儀正在架設音響，大家都心情沉重，各自想著自己的心事，忽然聽見有人大聲喊叫：「阿松啊，我的阿松啊，你怎樣忍心放我作你去，我的心肝子，阿松啊！」那是你媽，她從椅子上要衝向靈前，整個人聲嘶力竭癱倒了，你的姑姨們趕緊去扶她，親朋好友聽聞你媽的聲音，全都哭了。

阿松，都怪大家疏忽，沒把你藏好。

你四歲那年，改運延壽之後，大家約定好，不叫你身分證上的名字張正和，要改叫阿松，你爸媽也不許你叫他們爸媽，要改叫叔叔、嬸嬸，大家都說這樣才不會被發現家裡頭有一個小孩，也就不會被抓走了。就這樣過了二十年啊，今年初不知道為什麼，你忽然改口叫爸媽，大家也沒多心，然後事情就發生了。

阿松，時間可能會沖淡一切，但在你爸媽的心中卻是永遠的遺憾了。

那就像我在前頭告訴你的兩個故事，從今以後，你爸媽可能也會和阮籍一樣看似無所謂地過日子，但他們內心的悲傷和吐血的阮籍絕對是一模一樣的，而我們只能用莊子後來終於說出來的話來安慰自己：「當我的妻子剛死時，我哪裡能不哀傷呢？但想想她在這個人世之前，原就沒有生命、沒有形體、沒有氣息，以後在恍恍惚惚之中，逐漸有了氣息、有了形體、有了生命，現在生命又變化而死亡，這多像春夏秋冬四時循環運行，現在她正安睡在天地的大房間之中，而我卻在一旁哇哇大哭，自覺這是不通達生命演變的道理，所以我才不哭的啊！」

所以，阿松，不久之後我們也都不會哭了，只會衷心期盼你在天地之間，能長長久久地存在，這樣一來，情緣雖短，卻也漫長了。

回憶郭子究

二〇〇七年元旦，我們在早餐店吃完三明治，準備步行到花蓮港畔散步，快到海濱前的街口，忽然瞧見一處木頭招牌，與人同高，色澤新鮮像是剛做好不久，上頭寫著「郭子究紀念館」，當我們還不曉得郭子究是誰面面相覷時，同行的政大附中阿福老師乃建中木樓合唱團員，早哼唱起來：「春朝一去花亂飛，又是佳節人不歸，記得當年楊柳……」大家才驚覺郭子究先生作的曲子老早就曾陪伴我們度過年少時光，只是同行夥伴對紀念館興致似乎不高，仍直往前走，但我卻好像發現什麼珍寶似的，自作主張轉進了左邊這條兩邊都是日式獨棟平房的小巷，同伴們雖頗不情願喊了幾聲海邊就在前面啊，看我頭也不回也只好跟著尾隨而入，過了兩三戶隨即發現郭子究故居，故居斜對面另有郭子究紀念館，好巧不巧，今天恰恰是開館第一天。

故居尚未開放，幾個工人忙進忙出，施工器具散落一地，工人說還沒整修完，但要進去無妨，我低身穿過架起供粉刷牆壁用的站立木板，直接進到側廊的盡頭，小房間裡兩牆上都是書櫃，密密麻麻排滿日文書，同伴沒跟進來，我一個人在書房裡耳畔似乎又響起了「春朝一去花亂飛，又是佳節人不歸……」的旋律，忽忽鼻頭一酸，眼淚好像就要掉了下來似的。

唱這歌的時候，我還是褒忠國小生，新換來的音樂老師是個外省先生，每回上音樂課，得換到我們六年丙班旁的音樂教室，講桌左邊有一台直立式的黑色鋼琴，老師從開學以來就一首曲子一首曲子教唱，先是〈國父紀念歌〉、接著是〈先總統蔣公紀念歌〉，接著是〈台灣光復歌〉，然後是〈長城謠〉，每回上課老師絕不多話，全班像是訓練有素地起立發聲，啊啊啊啊啊，然後就從〈國父紀念歌〉開始唱起，接著唱〈先總統蔣公紀念歌〉，〈台灣光復歌〉、〈長城謠〉，每回上課都得重頭唱起，我們倒也安分總是悶著頭學唱下去，從沒感覺到無聊。那時候，我經常在座位上偷偷把眼光投向老師彈琴身影前的女同學，她叫張惠萍，有一頭烏黑亮麗柔順的頭髮，如果可以站到她的面前，便會發現她有漂亮的瀏海，白皙的臉蛋，她還喜歡笑，不像其他女生會生男生的氣，不跟男生說話，她會笑著說：「沒關係，眞的沒關係。」如果那時候我知道有氣質這樣的詞，那我會毫無保留地說，張惠萍，你好有氣質。當然，這只能在心裡唸著，不能光明正大說的。等所有歌都唱完了，音樂老師會接著教唱〈秋蟬〉，自然我還是一直在偷看張惠萍。

是皇天不負苦心人，還是皇天不負相思人，我自個兒也說不準。當時班導陳信華老師似乎覺得秩序過於糟糕，決定將座位重排，同性不再併坐，拆成男生女生同坐，老師一個個衡量個頭兒，全班大致排完後只剩一個長滿牙結石又衛生不佳的張彬彬、還有一個白白胖胖的水電行老闆之女某某某、張惠萍和我，老師猶豫了一下子，我心裡緊張得就像爲了竹筒砲爬上樹摘苦楝子，枝枒卻不禁重壓折彎下來，身子懸在半空中而樹枝似斷不斷。老師想了一會兒終於說：張輝誠，你和張惠萍坐。那時候眞想跳起來歡呼，但我不能，還得裝得很不在乎，免得男同學下課又亂叫：「癩蛤蟆想吃天鵝肉啊你！」雖然我眞的是癩蛤蟆。

約莫同坐了兩三天，我整天魂不守舍，像是偷得到學校途中雜貨店裡的紅芒果乾後的心情一樣，有時連偏過頭向張惠萍借個橡皮擦可能都臉紅肉燥的。很快到了月考，這一節考數學，數學不好的我居然寫得得心應手，轉眼間飛快寫完全卷，正在重頭檢查時，張惠萍忽然挪開左手，小聲問我：「這樣算對嗎？」並用右手食指指著考卷上右下方一題演算題，她算出的答案和我不同，不過我對她比較有信心，「應該對吧？」於是我把自己答案給改了，同她一樣，以增加她的信心，這時候我覺得張惠萍和我有了命運共同體的緊密感覺。

但是上天不肯垂憐有情人。班導改完考卷，最高分九十七，恰好是張惠萍和我，又恰好我們兩個錯得一模一樣，又恰恰好我們兩個坐在一起，種種跡象都指向我們兩個有問題，班導問：「你們兩個是不是作弊？」我心裡想著要是不抄張惠萍的答案，我可是全對呢！張惠萍先答話了：「沒有！」我也跟著小聲說：「沒有！」班導是嚴格出了名，當時打手心是司空見慣，要是遇到冥頑不靈的學生他連打屁股打小腿肉都是有的，我當時只覺劫數難逃，哪怕如何否認到底，依舊免不了一頓皮肉疼痛，甚至可能連分數都不保了。沒想到班導非但沒有揍人，更沒大發脾氣，只是很冷靜地作了一個決定，但這個決定比打我手心還難受，簡直讓我心碎了。

又輪到上音樂課，我和往常一樣，只能在後頭偷偷望著張惠萍，原因是我們倆個被班導活生生拆開，她和胖女同學坐，我和張彬彬坐，——雖然後來我和張彬彬發展出很奇特的友誼，他甚至還帶我到他大廍家釣魚、挖竹筍等，但都無法彌補當時心裡的失落感——，音樂課唱完〈秋蟬〉，老師開始教唱〈回憶〉，我們一句一句跟唱，等大家都學會之後，全班一起合唱，沒想到老師破例也跟著一起合唱，唱到「記得當年楊柳青，長征別離時，連珠淚和鍼黹繡征衣，繡出同心花一朵，忘了問歸期」，許是感傷至極，或是旋律過於悲傷，我發現老師眼中居然有淚，然後我的視線忽然朦朧起來，我才發現是我掉下年少的感傷的淚水，卻早分不清是老師眼中有淚還是我眼中有淚。

這一分別，便和張惠萍永遠分開了。此後雖則我仍時不時把臉趴在自家後陽台上，巴巴地望穿過一整排樓房巷口、兩三塊稻田，盯住張惠萍家後陽台，有時她會出來曬衣服，我會驚喜得像考了全班第一名似的，但那兩者的距離都像天上星辰一樣遙不可及了。上了國中，仍是同班，但在鄉下早熟的幼稚心靈，已經完全容不下男女間的靦腆情感，男生和男生玩在一塊，女生和女生聚在一起，像楚河漢界，就連張惠萍以前常說的「沒關係，眞的沒關係」也很難聽到了。

國中臨畢業前，張惠萍請了病假，連畢業典禮都沒能出席。考完高中，大家分散各處，我因考上嘉義高中，家裡沒錢可念，便拿了獎學金進到虎尾高中就讀，一直到保送進大學，這段期間完全沒有張惠萍的消息。大學時回家過暑假，回國中母校打籃球，巧遇住張惠萍家隔壁的表弟，閒談起來，問及張惠萍，他很是驚訝，身爲國中同班同學的我居然不知道張惠萍的事。

現在來到花蓮郭子究故居，耳邊響起「思歸期，憶歸期，往事多少盡在春閨夢裡」，我才又想起了那個無憂無慮年少時光裡的小小憂傷，以及音樂老師當時回鄉無期的眼淚和我被迫和張惠萍拆開的悲傷的眼淚，還有後來張惠萍這樣可愛的女孩在國中臨畢業時，居然罹患血癌，焦急間遍驗了親人們的骨髓卻無一相符，最後青春早夭，喪禮時國中同學都去送她最後一程，當時我因住校聯絡不上，缺了席，卻遲了四、五年後才得知消息。

唉，人生就是這樣，希望與失望永遠起伏不定，教唱〈回憶〉的老師後來說不定順利回到魂牽夢縈的故鄉，而我幼稚而懵懂的戀情，卻以生死作結，從此之後，張惠萍的身影和那句溫柔的話「沒關係，眞的沒關係」，也許就在郭子究的曲調中模糊復清晰、清晰復模糊，黯淡復明亮、明亮復黯淡，起落變化，就像花蓮的海水、花蓮的清晨。

今也則亡

孔子一生，頗多困厄。自幼失怙，含辛茹苦撫養他的母親在他尚未及冠便早先一步亡故，他刻苦自立先後當上了魯國的中都宰、大司寇等職，後因齊景公以齊國八十好女色誘魯定公及大臣季桓子，使之沉湎終日，怠於政事，五十六歲的孔子憤而離開魯國。

孔子周遊列國期間，發生兩次遭圍事件，頭一回是要到陳國途中，路經匡地，匡人誤認孔子為以前從暴虐過匡地的陽虎，遂團團圍住，前後達五日，包圍中走散的顏淵這才又和孔子聚合，孔子說：「我以為你死了！」顏淵回答：「老師您還在，弟子怎敢死？」後來包圍情勢更加危急，弟子們都很擔心，反倒是孔子很從容地說：「是上天要消滅文化吧？讓後代不能領略高深的文化。如果上天不肯消滅文化，匡人又能奈我何呢？」最後還是透過衛國的幫忙才得以解圍。

第二回又更嚴重些，楚國想禮聘孔子至楚任官，當時孔子居住在陳、蔡之間，陳蔡大夫怕孔子到楚國後會反過來欺凌陳、蔡，便先下手爲強，相繼出兵把孔子師生團團圍住，阻止他前往楚國，包圍時間很長，竟至絕糧，弟子們有些病倒，站不起來，但孔子依然講誦弦歌不輟，平常就容易發怒的子路一如往常發怒了，質問老師：「君子也有窮困的時候嗎？」孔子語氣堅定回答：「君子固窮，小人窮斯濫矣。」但孔子知道學生仍有慍心，便用同樣的問題：「詩云：『匪兕匪虎，率彼曠野』。吾道非邪？吾何爲於此？」分別召問了子路、子貢和顏淵，子路答說老師之不受信任、重用，也許是未達到仁和智吧；子貢則是先稱讚老師「夫子之道至大也，故天下莫能容夫子」，再委婉勸諫老師何不稍微降低自己的標準呢；但是顏淵卻說：「夫子之道至大，故天下莫能容。雖然，夫子推而行之，不容何病，不容然後見君子！夫道之不脩也，是吾醜也。夫道既已大脩而不用，是有國者之醜也。不容何病，不容然後見君子！」這樣鏗鏘有力的句子「不容何病，不容然後見君子！」讓孔子破愁轉笑，向著顏淵說：「有是哉顏氏之子！使爾多財，吾爲爾宰。」寧願屈身變爲自家弟子的家宰。這次圍困後來是在楚軍的幫助下才有驚無險地解除。

六十八歲的孔子結束了十三年的漂泊，回到魯國，著書教學，於魯哀公十六年過世，年七十三。

每每都要這樣精簡地重新複習一下孔子生平，我們才會進入高一上、下和高二上學期的我所暱稱的儒家大智慧的課（《中國文化基本教材》論語部分），我會再三提醒各位，在困厄來臨的時候，孔子是如何挺立自己的信念，不肯同流合污；又怎樣在精神相互砥礪狀態下（而非成績相砥礪）選擇同舟共濟禍福與共才造就出如此動人的師生情誼；又怎樣在近乎執拗的性格下肯爲了自己的理想而拋棄一切榮華富貴、聲名地位；又怎樣在兼善天下終究無法實現時退而求其次選擇了作育英才。這種積極任事、勇於承擔的精神很有可能才是儒家的眞精神，至於背好書、考好試那是末流之舉，各位懂得這些，得魚而忘筌，儘管做去便是，《文教》考得好不好，一點兒都不重要。

每每我們在談這些，總是意氣激昂，但自從獲悉妳們兩人消息之後，我又重讀了一回《論語》，想到我們以前的事情，眼淚就不爭氣地掉了出來。

那時妳們兩人其中一個，若華，在上課時總是聚精會神聽著，然後便在週記裡密密麻麻寫下甚有見解的文字，仔細而全面地駁斥孔子是如何地不切實際、與世齟齬等致命性缺陷終究導致無可挽回的失敗，我總是驚訝於如此深入的思維、綿密而周全的論證以及過人的膽識，寫下的評語常不由自主地先寫了幾句「文筆犀利、見解深刻」

等讚賞的話，接著又洋洋灑灑替孔子說些公道話，結果就是引來下禮拜週記上若華更多的反駁，我當然又要認眞防守一番，幾回攻防下來，誰也說服不了誰。兩人的另一個，禎瑩，上課時總是若有所思望著窗外，心裡頭感覺有好多事，儒家的難題好像不能再難到身上似的，那時偶爾妳會稍稍提及情感上的困擾，我說時間和胸懷會是最好的解藥，妳保持一貫淺淺的笑容不置可否，然後身手矯健地轉身飛奔離去，完全是後來三年孝班大隊接力奪得全校第二名殊榮關鍵最後一棒的姿態展現。

畢業後，若華考取歷史系，承續父親家學；禎瑩考上運動休閒系，擇其所好。過了一段時日，禎瑩回到學校，跟我說休學了，準備托福考試，到美國留學，我跟她說：「這樣也好，擴展自己的視野，不過可要好好用功才行。」她維持一貫淺淺笑容點了點頭，這時的禎瑩已經不似從前有好多心事，完完全全對未來有無限想望。又過了半年吧，禎瑩又興沖沖地來校，跟我說：「老師，我要到美國讀書了。」我同她說了一陣子話，趕著上課，就匆匆作別。後來若華在中央大學歷史系任教的父親帶一票高中歷史老師要到新竹北埔踏查，同事邀我同去，集合時發現若華跟父親一起來，從頭到尾儼然小助教模樣，很有學者架勢。

後來聽同學說，若華極用功，總是領書卷獎。一轉眼上了大三下，若華休學了，聽說經常頭痛，希望能休息一陣，不料入院一檢查就查出是腦癌，急忙開了刀，休養一陣，卻再度復發，又安排第二次手術，術後又是化療又是放療的，我和她高一導師李淑如想去看她，結果她決定到學校來看老師，她父親陪她同來，若華頭綁方巾，未戴假髮，父親說：「若華說去看老師不用戴假髮。」若華就在一旁呵呵應和：「對啊，逛街才要戴假髮啦！」然後若華就像開心果似地說說笑笑，反倒我和淑如老師原先心疼她的話完全說不出口，父親說：「若華有信心會好起來！」若華笑和：「對啊，我覺得自己一定會好，只是現在什麼東西都不能吃，好可惜喔！」淑如老師問了開刀狀況，若華便問要不要看看，我們還來不及猶豫，若華已經把方巾摘下，露出稀疏雜亂的短髮和鋸齒般一粗痕又一粗痕的開刀疤痕，和過去亮麗柔順的髮型不可同日而語，若華笑著說：「還好，我也不愛漂亮，呵呵。」我心裡有些痛，跟若華說：「妳這樣堅強，家人心情會比較輕鬆。」父親說：「若華很懂事。」若華接著說：「因為我覺得，我一定會好起來的啊！」

元宵節過後兩三天，三孝同學打來電話，說若華故去了，告別式何時云云，還說寒假時病情有所變化，急忙開第三次刀，術後結果並不好，且又轉移至肺部，原先在家靜養，最後轉至安寧病房，同學去醫院看她，但多在昏睡。我一聽，一時不知所措，腦海裡都是若華笑著的聲音：「我一定會好起來的啊！」

三孝同學陸續傳來簡訊，通知這個消息。有一晚若華媽媽親自來電，說若華故去的消息，媽媽和若華一樣堅強，我反倒像是安慰自己說著「要多保重啊」，媽媽轉述說，若華走得很平靜，在走之前還經常說笑話逗家人笑。

三孝同學萱萱隔了幾天打來電話，接聽時我就說：我知道若華的消息了。她吞吞吐吐地說：「老師，想問你一件事？」「什麼事。」「還記得簡禎瑩嗎？」「當然記得。」「聽同學說她在美國出車禍了。」「眞的假的。」「我們也不敢確定，想請老師打電話去她家問，我們不敢問。」「聽誰說的？」「是某某說的，某某又是聽某說的，某又是聽若華說的。」「若華怎會知道？」「現在沒法兒問了啊！」「好，我馬上問！」

我趕緊找到四年前的學生資料卡，忐忑不安地打電話到禎瑩家，接話的是禎瑩媽媽，我表明身分並問了禎瑩近況，媽媽說：「禎瑩現在在美國讀書。」我一聽鬆了一口氣，趕緊說那就好，因爲有些同學很關心她。不料我還沒說完呢，媽媽插話說：「老師，我老實跟你說，禎瑩不在了。」「她在美國出車禍過去了，她那陣子學開車，同學借她車開，後面有一輛大卡車，她一緊張就翻了車，撞上安全島，人就過去了。」

我一時不知該如何是好，喃喃說著：「聽到這個消息，我很傷心。」只聽見媽媽哽咽著說：「已經過了兩年了，我想到還在傷心。」天啊，兩年了，那不是禎瑩到學校和我辭行到美國後沒多久嗎？一時心情大壞，接下來的課也上不下去，便叫學生自修。腦海裡浮現的都是翻車的景象。

心情平靜些，便在課堂上告訴學生這些事情，並且叮囑：「沒有老師參加學生告別式的道理，你們都得給我好好健康活著，等以後功成名就了得好端端地參加老師的告別式，並且還很有氣魄地包了大大的奠儀，心裡遺憾著：『我們老師一輩子清貧，不忮不求，想來怪可憐的，不過對我還有一點兒影響就是了。』聽到了沒！沒道理老師要參加學生的告別式的！記清楚了沒！沒道理的……」

我忽然就想起在匡地和孔子走散的顏淵這件事，想來紀錄上肯定省去了太多心情描述，應該是孔子在見到顏淵時是「又驚又喜，猶如夢幻」問：「吾以女爲死矣。」顏淵一樣「又驚又喜，猶如夢幻」又「體貼地了解到老師的擔憂」而說了：「子在，回何敢死？」

但是後來顏淵還是先孔子而死了，孔子的第一個反應是「噫！天喪予！天喪予！（上天要滅我啊！）」接著是慟哭難止，門人勸說：「先生太過悲傷了。」孔子滿臉淚痕說：「我不替這種人悲傷，還替什麼人悲傷呢？」這樣的悲傷過了好些年，日後不管是魯哀公還是季康子問「弟子孰爲好學？」孔子總是說：「有顏回者好學，不遷怒，不貳過。不幸短命死矣！今也則亡，未聞好學者也。」

是的，今也則亡。孔子後來又遭遇了子路和冉伯牛等人的早逝，但孔子卻沒遇上一個和你們一樣二十郎當歲就青春消逝的學生，我重讀到孔子這些話的時候，過去一點兒感覺都沒有的地方忽然自動填滿了所有情緒，才深刻體會到孔子那些簡短話語裡頭隱藏的龐大悲傷：傷青春早逝、傷傳下去的學問中斷、傷各自的理想幻滅、傷人世間這麼快的離別、傷情感的割裂……。倘若日後有人向我問起：「弟子孰爲如何如何？」而我居然也要回答說：「有若華者如何……，今也則亡。」、「有禎瑩者如何……，今也則亡。」我心裡頭巨大的悲傷，很可能讓我壓根兒都講不出來。

我眞的說不出來。

格野櫻

二月末，寒流剛過，春日放晴，陽光暖烘烘地躺進操場草坪，司令台旁的兩株野櫻，右邊這一棵已在月前的料峭冷風中獨自綻放復凋謝，左側這棵因爲背陽遲至現在才燦爛盛開，在榕樹綠葉的襯托下，細枝上的粉紅花瓣，更顯得嬌豔異常。

春光明媚，再不能留學生在教室中無精打采，昏昏欲睡。我把學生叫了出來，讓他們坐在櫻花樹旁的階梯上，準備賞看櫻花，但在這之前，我得先告訴他們一段話。

讓我們追本溯源一下，各位想想，當初文字創立的目的是什麼？絕大部分是爲了要描述大自然。可是我們在課堂上不斷閱讀文字，卻忘了文字的原意是要表述大自然，甚至到後來我們只執著於文字，早忘了自然本身。不只是文字，所有的影像、圖畫，其最終目的都是要回歸自然，但我們卻不斷經由報紙、電視、書籍去認識去理解自然。現在讓我們暫時把其他媒介捨棄一旁，直接來觀看自然。

觀看自然為何選擇櫻花呢？因為櫻花在外觀的表現上鮮豔燦爛，比較容易引起各位的美感興趣。但各位要分清楚，櫻花在日本文學家眼中是美好的象徵，他們認為人就要像櫻花一樣，在最美好的時候戛然而止，日本作家三島由紀夫、川端康成都有這種情懷，所以後來都走上自殺一途。但中國傳統文人卻不如此，在他們的觀念裡頭，櫻花固然美麗，但他們也能欣賞枯荷、感受西風，甚至去體會任何沒有生機的事事物物。為什麼？因為生滅興衰，才是大自然的本色。各位還記得莊子嗎？他的妻子過世時，他一點也不感到哀戚，反倒是鼓盆而歌，道理就在於他能看透大自然生滅興衰的過程，他很高興妻子早他一步回歸到大自然。

賞看櫻花要怎樣看？這其實是工夫的問題，各位記得以前老師上課提過的王陽明吧，他花了三天三夜在格竹子，最後病倒了，那是因為他走的是朱熹格物致知的路子，後來才從孟子那裡悟得盡性以知性而直接知天的道理，完成自己的學說，這才總算把竹子的道理給格透了。一般世俗所謂的看，不外是用眼睛觀賞，但是你全身的感官只有眼睛嗎？老師要你們解開所有的器官，也用鼻子聞、用耳朵聽、用舌頭嚐、用皮膚觸，這樣就夠了嗎？也不是，道家還有所謂的心齋，莊子告訴我們，還可以用心感受，甚至最高境界，讓充滿全身的氣去和大自然渾然合一。

還有佛教也講止觀，止是使心念集中於所觀察的對象，而不分散；觀則是在止的基礎上以智慧思維抉擇眞理。止觀是佛教大小乘修行方法的根本，所以老師要你們待會兒看櫻花時，先把任何感動、啓悟、心得、情緒都回歸到自己的心中，在靜默中孤獨地感受，不要急著和別人分享，因爲你們平常的分享幾乎都是膚淺的、表面的，根本沒有經過深厚的累積、深刻的反省。我們花太多時間和別人溝通，卻不跟自己的內心溝通。

我說完話後，學生開始認眞地格起櫻花，二十分鐘後，有人逐漸不耐，神情疲憊地顧看左右，有些開始嘰嘰喳喳偷偷說起話來，我看時間差不多了，就叫大家坐好，再告訴他們說：

各位現在可以知道道理是很簡單，實際的工夫才是難的了吧？上課時聽老師說王陽明格了三天的竹，最後不支病倒，你們哄堂大笑，各位才格了二十分鐘的櫻花呢！就已經不耐煩了。但是煩躁不耐的心，正是工夫的下手處，孔子不是說過「克己復禮爲仁」，克己工夫當然也包括克除煩躁不耐。佛教也常說無名欲火一起，要用清涼心克之，哪裡生出清涼心？就在克己的工夫上。剛剛各位看櫻花時，一定也注意到了花間忙碌的蜜蜂，和一隻突然出現的松鼠，或許那時候你們才感覺到一點變化，不致於太過無聊，其實他們之間有什麼差別呢？差別就在於一動一靜，你們看靜止不動的櫻花，即使它再美麗，終究會因爲看膩而感到無趣，想轉動視線觀看其他。相反的，如果我們一直處在動盪環境之中，譬如說坐船，長時間下來，我們一定會渴望靜止的陸地。我們或許可以這樣說，大自然是由動和靜兩股力量組成，而平衡協調動、靜便是人的修養工夫。只是要恆常保持在靜的境界，相對於動是較爲困難，所以中國哲學家特別強調靜的工夫，例如宋明理學家講究持敬守靜，道家要人做到身如槁木，心如死灰，佛教追求禪定，道理就是在此。

老師認爲這二十分鐘很有可能是你們活到這麼大第一次和大自然對話，你們以前也和同學、也和全家出遊的，但基本上那只能算是你們之間的情感交流，談不上和大自然溝通，你們接觸大自然只是爲了追求歡樂，過程中也只顧著是否得到了歡樂的享受和歡樂的情緒。但大自然對於你們卻不僅止於此，大自然充滿著無聲的語言，無形的文字，無窮無盡的智慧。孔子有一次跟弟子說，我再不要講述道理了，弟子們非常緊張，問孔子說那我們該怎麼辦？孔子就說：「天何言哉？四時行焉，萬物生焉。」上天哪有說什麼話，「人得交游是風月，天開圖畫即江山」，原來大自然就這樣開誠布公地展現我們眼前，不須依靠任何附加的語言、圖畫、影像，才能了解它的。也因此中國哲學家追求的都是一種無的境界，眞正美妙的聲音是沒有聲音，最美好的物體是沒有形體，最好的琴音是從無弦琴彈出，最感人的畫作是一片空白，老子說：「大音希聲，大象無形」，就是這個道理。要藉由消除一切媒介物，重露個人本心，直探天地之心。

老師還想要告訴你們兩點，首先是唯有透過直探天地之心的過程，你們才有機會抬升自己的生命境界，譬如說顏淵雖是下流社會的人，但他有高境界，所以他能「一簞食，一瓢飲，居陋巷，人不堪其憂，回也不改其樂」，老師可不希望你們以後身爲上流社會的人，境界卻低得一塌糊塗。最後是櫻花盛開對你們有什麼意義？各位想想，你們的年紀不也像櫻花一樣正處於盛開的階段，天地讓櫻花盛開展露其美好，你們呢？你們理解到天地讓你燦爛盛開的用意了嗎？

下課鐘聲正好響起，學生起身陸續離開，我望著學生背影，樂觀地以爲這株櫻花在學生心中，應該再不只是美麗的化身而已，它還可能是一把讓學生通透天地之心的鑰匙。或許有一天，他們能更進一步，學會欣賞榕樹、理解小草、感受西風，體會任何沒有生機的事事物物，理解自己原是自然的一分子，眞正懂得「萬物靜觀皆自得，四時佳興與人同」的道理，甚至還有可能和陸象山一樣領悟了「吾心即宇宙，宇宙即吾心」的境界，要是都能這樣，該有多好。

喪亂帖

之一

但願眼淚化成琉璃，驚恐的臉容鐫刻成碑。
然後我們才有海一般的氣度去原諒，原諒如同驚滔駭浪一般巨大的振動，所帶給我們脆弱的生命以打擊，以震驚、以惶恐、以錯愕，因而重新體會在自然的覆載之下我們是如何的渺小、渺小、渺小。

之二

我們理所當然地在夏季防範颱風、在寒流來臨時防範寒害，也在停水前儲妥備水、停電前準備好手電筒，一切近乎平常而理所當然。

任誰也料想不到，就在我們穩若泰山的堅定口氣說人要頂天立地、腳踏實地的地上卻像海浪般波瀾了起來，上下往復，左右迴旋，而我們的舟在何處？我們任憑無舟寄身的形體隨波逐流，任憑無法隨之波動的物品像落雨般一一覆蓋在我們的腳、我們的腰、我們的胸、我們的臉，連驚呼一聲的反射本能都來不及反應前。

一切又平靜了。

然後餘震盪漾。

之三

等我們靜下心，睜開眼時。我們才發現，布展眼前的，但願不是地獄啊！

但願是夢，但願只是一場醒後即會消逝的短暫的夢。

然而，夢碎醒在震央的所在，那裡有一串惡意的笑聲自震源發出，嘹亮交錯於一道名喚車籠埔斷層的擠動、推壓、爆裂，如星火，燎千里之原。

而年輕的詩人日夜縈念的鄉里、鄉人、酒香、好山、好水，一夕間，在電視機螢光幕前癱瘓成廢墟。倒塌的鄉里，驚恐的臉容，散逸的酒渣，禿頽的山巒、混濁的溪水，像變了調的交響樂，荒腔走板。

荒腔走板的還有全島眼睛的訝異與錯愕。

之四

六月的埔里，詩人的朋友在埔里國中教書，詩人南下埔里，一同走過中山路、走過中正路，一起繞過圓環，到酒場買兩罐紹興酒梅，再到暨南大學找一名朋友。坐在群山包環風水稱作蓮花座的校園操場上，喝茶，聊天，仰目藍空，四望青山，微風拂來，頓覺天地之美概盡於此，夫復他地何求。

翌日，詩人從新蓋好的旅館第十三層樓窗外望出去，整座埔里鎮的市貌就在腳下、在青山包圍中，晨霧飄移，天空十分藍湛，一丁點的市聲隱約傳來，山城小鎮漸次蘇醒。

詩人和朋友到了鯉魚潭，潭面約有四、五個操場大，湖上有一低拱橋當中橫臥，遠處湖畔有一尚未蓋完的湖濱旅館，旅館窗戶全部以落地窗朝湖，館身白潔，一樓平台近水，十分雅緻。

近處湖畔則有仿古茶樓，竹木製成，四面透明，觀湖仰山皆宜，窗戶可開，涼風吹入，詩人與朋友飲茶其中、談笑諸事，怡然自得。

離開鯉魚潭，詩人和朋友趁天尚未黑前，重訪日月潭，潭面夜霧迷離，山色翠黑，而日光時而霞，時而暉，交錯湖面迴然於白日時的光景。

之五

地震當晚，詩人在床上做的綺麗色的夢，結結實實搖晃了兩次，約一分鐘後，詩人醒了過來，電沒了，他走到廚房打開冰箱喝了一口冰水，走近陽台，看一下山腳下城市的夜景，漆黑一片，只有星星。

詩人其實沒有太大的恐懼，似乎早已習以爲常地麻木於種種不見聞於耳目的災難，譬如新聞中遠方的地震、遠方的洪水、遠方的大火。

隔天，詩人騎著摩托車去交一份稿件，城市的紅綠燈都因爲沒電而呆立道旁，廣播上說今天全台北縣市都放一天假，街上冷清，十字路口前，仔細東張西望的稀落行人穿越馬路。

交稿的當時，和負責人談了一下地震，大家焦點所在還是松山的東星大樓倒塌，還不清楚有沒有人傷亡。

詩人當時還天眞地想著，與世界發生斷裂，孤立一處的感覺其實還不錯。然而，詩人的眼淚卻滴在一桶放乾式電池的竹籠子裡，人們圍在永康街一家擁有電力的雜貨店裡的電視機前，唉聲嘆氣地說：「太慘了，眞的太慘了！」詩人這才恍然，這個世界已悄悄地顚覆了現況。

倒塌的樓房，斷裂的橋樑，倒塌的牆垣，斷裂的道路，活生生映在電視機前。倒塌的心情，斷裂的故事，迅速接通悲傷。

詩人買了八顆電池，流了一斤的淚。

之六

詩人第一次感到無助，信仰的詩句，銳如刀鋒的筆，第一次如此毫無用武。

他但願他的筆是鏟子、但願手是強壯的臂膀，但願絞盡腦汁是滿身的汗水，但願感人的詩句是實際的安慰話語，他但願此刻用雙手、用鏟子、用汗水去搬開磚石，挖出泥塊、搶救受困者，如果來不及搶救了，就用話語普渡亡者，安慰生者。

詩人出發了。

一路上，詩人忐忑不安。從台中進入南投的道路忽然像打死結似的，無法順利往前，車子走走停停，停停走走，聽說前面的路有些路段被地震震壞了，路上則擠滿了救援的車隊，急欲返鄉探望家人的遊子，運送物資的卡車、廂形車隊，詩人坐在一部吉普車上，搖搖晃晃。

雖然塞車讓詩人的腳步整整遲了一天，但詩人終究還是到達了埔里。

如果不是親眼目擊，詩人絕難相信報紙上所謂的人間煉獄，電視螢光幕前的影像的悲慘，拂過詩人臉頰的悽風，間或夾帶一陣屍味，緩緩地瀰漫過來。

之七

我不入地獄，誰入地獄。況且埔里，絕非地獄。

之八

詩人找到埔里教書的朋友，說當天住在七樓頂樓的公寓，搖晃時，彷如天崩地裂，大樓重重跌了一跤，猛地摔落，像電梯斷了纜線，急速下降，等稍微鎮定後，才從原本三樓的樓台跳出來，回頭一看，七樓公寓只剩五層樓，從那時開始一直到現在爲止，忙著救人，根本沒時間回想當時候的恐懼、害怕。

詩人和國軍的阿兵哥一起在倒塌的房子邊待命，怪手先挖出瓦礫，挖到屍體時，阿兵哥就一路上前，用戴手套的手搬運屍體，輪到詩人，才發現手上拿的並不是屍體，而是被壓得扁扁的黑黑的肉餅，一不小心，肉塊就掉了下來。

夜晚，詩人坐在校園操場上的帳篷邊，忙了一天，很累，旁邊幫忙搬運物資的慈善義工還七手八腳地堆排貨品，更遠處則是受災戶來領取物品，物資裡面吃的喝的東西都夠，大量不足的是帳蓬和毛毯，然而最令人鼻酸的大概就是缺乏裝載屍體的屍袋了。

詩人在鬧哄哄的操場上，發現了幾顆流星，他覺得此時的心情看見流星實在過於奢侈了，但他反射性地許下一個奢侈的願望：「但願一切不曾發生！」

之九

七天來，詩人和阿兵哥搬了數不清的屍塊。大部分血已經凝固，乾巴巴的，靜靜地壓在斷垣殘壁之下。

詩人和年輕的阿兵哥，忽然了解到生與死究竟是怎麼一回事了。貼近死亡本身的過程，那種無法言詮的體會，彷彿讓人造訪死亡的關口，繞了一圈，恐懼消滅而敬畏漸增，面對這樣龐大的災難與死亡，讓詩人和阿兵哥原本沉重的表情，變得從容而安然。

隨著人手的增加和體力的消耗，詩人決定離開南投，讓更具專業且有體力的人接棒。

之十

回到台北，詩人打開電視，翻開報紙，指責的聲音像洪水氾濫，替代了人們靜下心來思考和體會別人心情的能力，激情讓人高亢，並且迅速遺忘別人的不幸。

大家似乎都忘了，指責並無法替代搶救，替代關懷，替代悲憫！

唯有愛才可以。

愛，此時卻也自四面八方湧來。

詩人在埔里時已經見到了德國裝備整齊的搶救隊。連搜救犬都讓人感到無比親切。詩人頓時回想到小時候關於狗的種種卡通，和自己小時候養過的狗。救人的美好回憶一一浮現眼前。

詩人在電視上看見一架架沒有邦交的國家的飛機，降落在桃園國際機場，心裡無比激動著，看著搶救隊員一一卸下搶救車、搶救犬和先進科技的搶救裝備，詩人顧不得記清是那個國家，每回就握緊雙拳，大呼：「好耶！加油啊！」

之十一

許多人慷慨解囊。詩人第一次覺得錢是這麼重要，這麼可愛，這麼有人情味。聚沙成塔，涓滴成河。從前不切實際的清高，現在禁不起現實的衝擊。受災的居民，復建的工作無一不需要錢，那些來自四面八方的捐款，正是他們走向光明的動力啊！

詩人看著電視捐款節目，螢光幕左右兩邊跑轉的捐款人姓名，絡驛不絕，像愛心的馬拉松，一棒接著一棒，爭先恐後，詩人忽然想起在金門當兵時司令官老愛講的一句話，「同島一命」，沒錯的，第一次詩人有了「同島一命」的感動。

詩人有機會受邀參加一次扶輪社的聚會，主席呼籲社友踴躍捐款，目標是三百萬元，同時說明日本友社轉交社友捐款一千萬日幣的過程，及美國友社及加拿大友社表達關懷之意，捐款亦會陸續轉來。詩人感到相當感動，這群默默爲善不欲人知的朋友，正是台灣底層的愛心流動力和全球的愛心洋流。

之十二

詩人忽然想起去年自己寫給南投的幾首詩來，其中一首叫〈畫裡〉；「在畫裡採果的榮民，笑／在畫裡砍柴的樵夫，笑／在畫裡釀酒的酒匠，笑／在畫裡教書的老師，笑／在畫裡素描的畫家，笑／在畫裡歡呼的小學生，笑／在畫裡悠遊的詩人，笑／在畫裡呼吸的菜市場，笑／在畫裡散步的老人，笑／在畫裡未竟的塡充題，笑／在南投的畫裡。」如今，笑，成了一種奢侈。

一首叫〈入山學仙〉：「見山是山見水是水的頓悟學正流行，遊客／一車車八方乘輿而來，虔誠下車／仰之彌高，鑽之以短短長長的／隧道，瞻之在前，忽焉在後左在右／登之足以小紅塵，濯之足以清濁欲／一念之間卸下虛僞如落葉／一念之間脫殼疲累如蟬蛻／一念之間心中喜樂如花綻／一念之間湧上清涼如風吹。」沒錯的！地震前的南投是如此靈秀。

然而在另一首詩名爲〈托穩天的胸膛〉：「一匹又一匹山的野馬，引旋風／排浪驟至，拔地而躍／起，馬嘶亂天，蹄聲撼地，忽地／一聲雷鳴，凝結／凝結在接近天的胸膛的／呼吸前，昂首成驕傲的玉山群／舉起島嶼堅毅的手勢，托穩天／多變的脾性，風雷雨電，雲移霧生／雪落，隨宣洩心情的立霧溪／楠梓仙溪，一路滑溜而去／無際的海洋。」詩人記住要托穩天的胸膛，卻忘了來自地底的威脅。

來自地底的威脅，讓南投措手不及。

之十三

詩人開始想得深邃了。

他想恆久以來人與自然的關係。寫下了這樣的詩句〈謙卑・向自然〉：「人心不仁，以自然爲芻狗／我領略到四方竄起，如火／如荼，夜以繼日地，無非是／善良的臉孔，假想偉大／以勝利之姿征服自然／直至災難最終降臨／……於是恍然，天地無親，常與／謙卑之人乃新製一偈。」

然而，詩句可以拯救靈魂嗎？詩句的力量充沛到足以支撐生命振起嗎？能嗎？詩人感嘆。

但如果視南投爲詩，視山林爲詩，草木爲詩，視雲移霧生爲詩，樹死蟲生爲詩，視人情爲詩，風土爲詩，視苦難亦爲詩，災難亦爲詩，則詩的入世與生活化或許才有其生命力，也或許才有拯救靈魂、支撐生命振起的力量罷！

詩人就是那群知其不可而執意爲之的人啊！

所以，詩人用行動寫詩。他所用的紙是內心鍾愛的埔里，用雙手當筆，搬運的屍塊是苦難的題材，流下的汗是嘔心瀝血的過程，他和亡者的親友一同流淚哭泣是深深的共鳴。他才明白詩是行動，詩是力量，詩絕不是空想的烏托邦。

然而，亡者與生者都經由詩得到救贖了嗎？詩人的疑惑像滾雪球一般。

鄉人哀戚過後驚恐過後深烙於心底的皺褶，誰來一一熨平？

之十四

詩人的女友參加了一回志願義工，利用禮拜六和禮拜天到南投中寮鄉的一個小村落，幫忙當地的小朋友做心裡復建工作。

「小朋友的心地是單純而潔美的！」詩人的女友說。他們在玩活動的時候盡情地笑著，儘管他們的房子早已倒塌，仍舊住在帳篷裡，儘管他們吃得不如從前豐厚，玩具也都沒有了，他們只是一派天眞地喜樂於當下的喜樂，讓在一旁的父母都感到有股強大的活力。

「但是他們也會哭啊！」做團體治療時，小孩們各自說出當時的感受，「當時候，黑漆漆地，地一直搖，爸爸抱著妹妹，叫我快跑出去外面，房子就倒了，我被壓在牆邊，一直哭著叫爸爸，爸爸完全沒有回答我……」「爺爺和我睡在一起，地震來的時候，他說沒有關係，一下子就會停了，突然爸爸很緊張地跑來抱我跑出去，爺爺還來不及跑出來，房子的牆壁就往他的身體壓下去，我一直叫爺爺！爺爺！爺爺……」「媽媽一直尖叫，叫我和姐姐快點跑出去，可是姐姐睡得很沉很沉，我一直叫她，她都醒不過來，我跑出去要叫媽媽回來叫姐姐時，房子就倒了，姊姊被壓在裡面，媽媽一直哭一直叫，用手去搬開倒下來的東西，要救姐姐……」詩人的女友鼻頭酸紅，但她不能哭，她要指導這群小孩走出地震的陰影，要小孩子彼此互相安慰。「隔一天，我就看見爸爸和妹妹的屍體被挖出來，兩個人緊緊抱在一起……」「爺爺被挖出來的時候只剩上半身，爸爸叫我不要看，可是他是愛我的爺爺，不管怎樣他都是我的爺爺……」「找到姐姐的時候，姐姐有一半都被壓扁了，左邊還抱著和我們睡在一起的芭比娃娃……」

詩人的女友說：「生命太脆弱了，但意志卻無比堅強，從小孩的身上可以看出來。」

之十五

是的，生命太脆弱了，但意志卻無比堅強。

之十六

詩人想起了以前寫的詩來，詩名叫〈移民南投〉：「詩人合當老於青山下／合當畫家青山下老去／合當音樂家老於青山下／合當陶藝家青山下老去／移民青山下，合當爲好山好水／折腰，盤點，搬傢俱／採菊採風採舒闊／採雲採月採坦蕩。」這樣的心意，不因地震而稍有改變。

之十七

地殼變動，四季流轉，喜悲哀戚，無往不復，所以詩人寫詩，寫生命的詩。

之十八

但願眼淚化成琉璃，驚恐的臉容鐫刻成碑。

然後我們才有海一般的氣度去原諒，原諒如同驚滔駭浪一般巨大的振動，所帶給我們脆弱的生命以打擊，以震驚、以惶恐、以錯愕，因而重新體會在自然的覆載之下我們是如何的渺小。

而渺小才使得我們學會謙卑，學會珍惜，學會互助，學會關懷，使我們從自大自傲的膨脹心態回歸到敬畏的起點，謙虛的低處。

之十九

喪亂之後，凡此苦難種種，終必遠離，奉詩歌的名，奉內心勇氣的名。請賜給重生的力量，予我親愛的南投鄉人，即使時間過了三年、五年、十年，甚至百年，他們因浴火而更懂得生命的艱辛與價值，我們因患難而心同永結，未來能一起面對層出不窮的困厄與挑戰。

寸心所禱，唯願如此。詩人喃喃對天說著。

後記：謹以此文紀念逐漸被淡忘的九二一大地震，願地震中所有的生者與死者，都已各自得到安頓與歇息。

·輯二·大宗師

牟先生一瞥

像我這樣三十歲出頭的人，照理說是不太可能見過牟宗三先生的。

我大二那年，隔壁寢室幾個大四學長，組了個讀書會，看我好像可堪造就似的，便問我要不要參加，——我當時頂著「資優保送生」頭銜，實際上肚子裡可一點貨都沒有，心虛得緊，只能一天到晚下苦工囫圇吞棗增長知識，好滿足別人異樣眼光和過度期待。——我也沒問要讀些什麼書，只認定這種可以增長見聞的機會可千萬不能錯過，就應允了同去讀書。

邀我同去的學長，其中有一個是香港僑生，人極胖，經常來我們寢室清談，他滿口廣東腔國語，嗓門大到連在走廊中間浴室裡洗澡的人都能聽到他的聲音：「我告訴你先，人生的首要課題就在於能否結悟，如果結了，精神自然清明了！」我同寢的學長趕忙模仿他的口音：「你這樣要是能『結』的話，我們就『覺』不了囉！」大家笑成一團時，僑生學長還不明究理，急著往下說：「人之異於禽獸者幾希，就全在一個結字……。」

讀書會並不在師大校園，而是在羅斯福路上，每個禮拜六下午（當時禮拜六上午要上課），我都跟著三個大四學長一起步出宿舍，走過和平東路，接羅斯福路，快到南門市場前，便轉進一棟白色公寓，爬上三樓，一進門就看見客廳，並無沙發、電視等傢俱，而是排滿桌椅，充當講堂之用，有一間小房間擺放一套橢圓形會議桌椅，其餘幾間則堆滿打包好的過期雜誌。學長熟門熟路的，一下子就在小房間內的會議桌前坐定，僑生學長走出去拿了一套書給我，說是等會兒上課要用的，我一看《佛性與般若》的書名，頭就大了，居然連書名都不懂，還跟人家參加什麼讀書會，更誇張的是，讀書會除了三個學長之外，加上我，只有四個人，我又完全不懂要怎樣跟人討論？不一會兒，走進一名理平頭的中年男子，學長都叫他：「學長！」我也跟著叫，這位學長要我們翻到先前教到的某一頁，接著他便一句句地講解裡頭文意，當時這位學長口才極生硬，語調又平淡無奇，活像催眠曲兒，而且他好像很害羞似的，不敢與人眼神相對，只是一直盯著書本前的桌面，直到現在我仍清楚記得當天講到：「八不中道，不生不滅，不斷不常，不一不異，不去不來」，學長光講這八不中道就說了半個多小時，其他三個學長聽得津津有味，我程度差聽得昏昏欲睡，又不敢睡，很是辛苦。

這個學長就是後來在台灣各地推廣兒童讀經班極爲成功的創始人，王才貴先生（日後學長口才練得挺好已不可同日而語了）；這層簡單公寓原來是鵝湖人文書院所在地，我當時孤陋寡聞，連鵝湖的典故、《鵝湖》月刊的來龍去脈絲毫不知，只是每個禮拜六下午隨著三個師大學長到書院去，昏昏然地聽王才貴學長平靜無波地講解《佛性與般若》，日復一日，周復一周。如今猶記得兩事是印象極爲深刻，其一是經常感覺上課小房間裡的空氣是凝滯不動的，好像只有我可以置身凝滯空氣之外，旁觀著橢圓桌上的講者和三個學長，後來我回想起來這般出神狀態，也許是當時想藉由神遊來打消睡意，或者是根本整個人就已經進入半夢半醒之域了。其二是下課空檔時，偶爾會和王才貴學長的兒子聊天，當時他好像在讀建中一年級，自幼經過他父親的極力栽培（還是實驗？），他成了兒童讀經班最佳代言人，也是最傑出的模範生，讀高一的他已經能滾瓜爛熟默背四書、老莊、唐詩、宋詞三百首等等，著實讓我這個冒牌貨的資優生打從心底佩服、羨慕，每回我誇他這麼厲害時，他總是謙和地笑著不答話，臉上浮現一絲不好意思的神情，同時稍稍晃動他微胖的身軀。

當時推廣兒童讀經班正處於起步階段，完全不像現在社會已能普遍接受，才貴學長經常利用假日號召一批有興趣的民眾，集結在書院客廳講堂宣傳自己理念，同時免費訓練讀經班師資，我有一次幫忙排完桌椅、招待來賓之後，也坐在下面聽學長講解，當中他說了一段話立刻就說服我了，他說：「爲什麼小孩子要讓他們從小背些長大以後不會用的文章，國小學生上了國中、高中，寫作文絕對不可能引用『國小課本說』，同樣要背，爲什麼不讓我們的小孩背些以後一輩子都受用的經典，不但寫文章可以用，做人處世也一樣有用，一舉數得的事爲什麼我們卻不肯做呢。」有人問：「我們沒讀過那些經典，讀了也不一定讀懂，要怎樣教小孩？」才貴學長好像講過太多場了，這種問題早在預料之中，只見他不慌不忙地解說：「只要看得懂字，只要會帶領著小孩一遍又一遍地唸，唸到滾瓜爛熟，這樣就可以當讀經班的老師了。」又有人問：「要不要講解啊？」學長答說：「不需要講解，以後小孩長大慢慢就能體會、慢慢就能領悟，不用急於一時。」這樣的解說會，一個月有好幾次，才貴學長就這樣不厭其煩地一場接一場宣講，而第一個兒童讀經班是在書院裡開辦起來，領讀的老師有時是才貴學長、有時就是我那三個師大學長，我當時直覺這不就是古代私塾啓蒙教育的重現嗎？而且我隱隱然感覺到才貴學長心中似乎還有一個更大的願景，他彷彿要憑靠一己之力振興起已然中斷數十年的古代私塾經典啓蒙教育方式，並且不斷推而廣之，說不定不只是全台北市，很有可能是要推廣到全台灣，——只是沒想到他現在眞的完全做到了，且範圍更大，如今連中國大陸都趨之若鶩，離全球華人兒童讀經風氣大概也不會太遠了。——我當時雖感受到他的堅持，卻說不上來那背後的力量根源是什麼，但我現在約略可以描述一些，很有可能是他作爲一個讀中國文化的知識分子（新儒家的傳人）渴望在現今西洋教育體制的教育環境中注入傳統中國文化的美善良能，而這樣的堅持，在我看來其實就是古人所說的三不朽之一，是一件了不起的「事功」大業！而我何其有幸，居然在現場見證了事功的起初種種。

有一天，僑生學長跑進我們寢室，顫抖著聲音對我說：「牟先生要來演講了，下禮拜天中午在鵝湖，千載難逢的機會，你要去，一定！一定！」我看著學長這樣難掩興奮的神情著實有些不解，牟先生的《佛性與般若》，裡頭每個字我都懂，組成句子後我就完全不懂了，也許是學長程度好能領會，這倒又顯得我水準差了。我便趕緊到圖書館找了本牟先生《五十自述》來讀，一讀便知牟先生是位理性極強、思辨極其捷敏深刻的人，他常在許多極其幽微的情感覺受中出奇冷靜地分析其型態、來歷、後果與價値，比方說第一章〈在混沌中長成〉提到他幼時曾在家鄉看馬戲團表演，「一個十三、四歲的小女孩騎在馬上，繞場一周，矯健的身段，風吹雪凍得紅紅的皮色，清秀朴健的面孔，正合著上面所說的清新俊逸的風姿，但是可憐楚楚的，是女性的，不是男性的，我直如醉如癡地對她有著莫名其妙的感覺。」沒想到牟先生眞情流露，寫道：「我不知不覺地偷去了好幾次，我一看見了她，就有著異樣的感覺，既喜悅又憐惜。」可是結果（或者說是結論）卻出人意表：「事後我每想起，這大概就是我那時的戀情，一霎就過去了，這是我一生唯一的一次愛情之流露，此後再也沒有那種乾淨無邪而又是戀情的愛憐心境了。」這對當時陷入戀愛的我簡直無法置信，爲什麼愛情的感覺就此消失、不復出現？那後來的太太呢？當然牟先生是不會聽見我的疑惑，他很自然地又切入了思辨：「以上是我自然生命在混沌中所放射出來的一道一道的清光，那光源是一個神秘莫測的深淵。每一道清光代表一種意境，是了解我的生活形態之線索，是決定我的意識生活之緣由與背景……」其實這本書我有一半以上是讀不懂的，牟先生在寫完幼年鄉村生活、情感之後，進入了讀書階段（第二章〈生命之離其自己的發展〉）從革命運動中的氾濫浪漫轉向而爲一般思想觀念的氾濫與浪漫。後進入北大預科、北大哲學系，讀《朱子語錄》感覺到「這氣氛下的道理，使我的生命，我的心覺，有一種超越的超曠，越過現實的感觸的塵世之拘繫，而直通萬化之源。」潛讀懷悌海的書，「懷氏美感強，直覺尤強。他的美感既是內容的（強度的），又是外延的（廣度的）。他的直覺所悟入之事理，亦既是內在的，又是外在的。」其後在北大畢業時寫成《從周易方面研究中國之玄學及道德哲學》一書，「特別表現了想像之豐富、直覺之解悟。我所以能有宇宙論之興趣，就《易經》而彰義、和之傳統，全該歸功於懷悌海。」（第三章〈直覺的解悟〉）之後再透過康德哲學的消化與重新詮釋，完成了自我的架構的思辨（第四章）。實際上，第三、四章有太多超過一個大二學生所能體會的哲學問題與論辯，我讀得很疏隔、也很吃力。

但到了第五章，突然變得有趣起來，因爲這張少了義理討論，大多是憶敘師友情誼，好些段落還非常精采，令人難忘。如介紹老師熊十力出場的一大段：「第二天下午，我準時而到。林宰平先生，湯用彤先生、李證剛先生俱在座。不一會看見一位鬍鬚飄飄，面帶病容，頭戴瓜皮帽，好像一位走方郎中，在寒氣瑟縮中，剛解完小手走進來，那便是熊先生。他那時身體不好，常有病。他們在那裡閒談，我在旁邊吃瓜子，也不甚注意他們談些什麼。忽然聽見他老先生把桌子一拍，很嚴肅地叫了起來：『當今之世，講晚周諸子，只有我熊某能講，其餘都是混扯。』在座諸位先生呵呵一笑，我當時耳目一振，心中想到，這先生的是不凡，直恁地不客氣，兇猛得很。我便注意起來，見他眼睛也瞪起來了，目光清而且銳，前額飽滿，口方大，權骨端正，笑聲震屋宇，直從丹田發。清氣、奇氣、秀氣、逸氣：爽朗坦白。不無聊，能挑破沉悶。直對著那紛紛擾擾，卑陋塵凡，作獅子吼。」簡直就像《世說新語》裡頭走出來的人物，更像虯髯客初見唐太宗的氛圍重現。又好比有些段落是寫朋友張遵騮（張之洞曾孫）在牟先生因抗戰退避昆明時無業又絕糧的情況下持續對其資助，「我雖對遵騮之友情坦然受之而無愧，然吾帶累朋友，吾心中不能無隱痛。彼之經濟並不充裕，彼爲吾奔走著急，而不露聲色，吾雖不露聲色而受之，吾心中尤不能無隱痛。……暑過秋至，遵騮須返滬一行。吾送之車站。彼即留下七八十元，並謂若有所需，可向其姑丈相借，吾即領而受之。吾並非一感傷型的人，然當時直覺天昏地暗，一切黯然無光。淡然無語而別。當時之慘淡直難以形容。我事後每一想及或敘及，輒不覺泣下。魯智深在野豬林救下林沖，臨起程時，林沖問曰：『兄長將何往？』魯智深曰：『殺人須見血，救人須救徹，愚兄放心不下，直送兄弟到滄州。』我每讀此，不覺廢書而嘆。這是人生，這是肝膽。我何不幸而遇之，我又何幸而遇之。事後每與友朋笑談，大家皆目我爲林沖，目遵騮爲柴大官人。」其後段落雖說還有唐君毅先生出現共同切磋精神哲學等問題，但在我腦海中，久久感動的仍是熊、牟兩先生的師生情誼和張、牟的患難眞友情，幾乎就讓一個紅了眼眶的大二學生漩下淚來。

很快的，禮拜天到來，原本冷清的客廳講堂忽擠爆一大票聽講的人，好些個遲到者只能挨擠貼站在牆邊，動彈不得。不一會兒，才貴學長攙扶著一位老先生從房裡出來，只見老先生個頭短小清瘦，短髮齊整，前額略禿，身著藏青長袍，拄著杖，緩慢前行，恰與尋常老人無甚差別。老先生坐定小椅後，喝了口前方小桌上的熱茶，便開始講起話來。先是談笑風生說了些簡單開頭，——老先生口音極重，要聽仔細還有些吃力，——忽聞老先生隨口引了《道德經》某句，才貴學長忙在其後白板上寫上原文，老先生只是昂著頭演說下去，忽又隨口引了西方哲學某術語，另一學長（據云乃李明輝先生）急至白板左方寫上英文，隨著老先生說講越多，兩位學長輪番錄寫，後方的白板上便密密麻麻擠滿中、英原文術語。老先生，不，是牟先生即從原本尋常老人端的一變，神情忽變得健旺舒暢，面色飽滿紅潤，眸子轉爲清明透徹，口說指劃之間自有一種洋洋神采。牟先生當時年紀頗大，形骸雖老弱卻毫無衰敗之氣，舉手頭足間反倒似有股煦煦和風，暖暖拂來。我當時自然聽不懂牟先生所說內容，卻一點兒也沒有像聽才貴學長上課時所滋生的無聊感，只感覺牟先生身上有某種說不上來的感覺，不斷在他短小身軀中來回鼓蕩、翻騰，湧出，我整個人就完完全全徜徉在那種氛圍之中，久久不能自已，且心裡受著極大的震撼。——這種震撼，一直要到了很多年之後，我因緣際會得以親聆毓老師說講經書，才恍然大悟那是什麼，而且在毓老師那裡我感受到更多、更深、更廣，最終讓我眞眞確確地覺察、理解、感受到那股沛然莫之能禦的巨大力量。

牟先生演講後，我們又回到《佛性與般若》的世界，過沒多久，學長全都畢了業，我和才貴學長還沒來得及建立感情，也就不好意思再去，自此和鵝湖斷了因緣。學長臨回香港前，拿了兩本牟先生的書給我，一本是《中國哲學的特質》，另一本是《中國哲學十九講》，情意殷殷地對我說：「做爲一個讀書人，不能沒有自『結』心，牟先生的書全在『逆結體證』上，你要好好體會。」雖然學長始終把覺說成了結，但我在大二臨結束前，方才眞切地感受到學長學弟間切磋琢磨、提撕愛護的情義。上了大三，我很快地把學長所贈兩本書讀完，裡頭全是牟先生演講紀錄稿，讀來較爲輕鬆，後又自行讀了《才性與玄理》和《心體與性體》，深深驚訝於牟先生極其深刻又條理清晰的見解，好比說我當時頗喜《世說新語》風流雅事，但卻透過牟先生的講解才恍然風流背後的人生悲哀之處。

我大四那年（1995），報紙報導了牟先生病故消息，牟先生臨終前曾向門生索紙筆寫下：「你們這一代都有成，我很高興。我一生無少年運，無青年運，無中年運，只有一點老年運。無中年運，不能飛黃騰達、事業成功。教一輩子書，不能買一安身地。只寫了一些書，卻是有成，古今無兩。現在得了這種老病，無辦法。人總是要老的，一點力氣也無有。你們必須努力，把中外學術主流講明，融和起來。我作的融和，康德尙作不到。」我看著這段話，不知怎的就又回想起鵝湖的講堂上牟先生炯炯有神的樣子，以及所謂聖賢相傳以道的話來。

後來讀研究所遇到了林安梧先生，他是牟先生的學生，正直敢言，又深具社會責任感，經常保有一股「當今之世，捨我其誰」的氣魄；更後來因緣得以和王邦雄老師同遊江西十日，王邦雄乃牟先生大弟子，爲人謙和溫煦，坦誠無做態，有長者風範。兩位先生氣象雖不相同，然一登台說講，端的忽又變成另一人似的，慷慨激昂，雖千萬人吾往矣，神情忽變得健旺舒暢，面色飽滿紅潤，眸子轉爲清明透徹，口說指劃之間自有一種洋洋神采，——不知怎的，我又想起了牟先生。

毓老真精神

中文學界，很少有不認識毓老的。

我第一次到奉元書院聽毓老師上課，即受大震撼。書院在某公寓地下室，入口有學生把門，負責進出，走下樓梯，迎面即可見早到同學落坐長條窄幅桌後，正安靜看著書，門左邊有兩名同學坐檯負責點名，更左邊些有一張大桌，即講桌，上面鋪有毛毯，桌前置有筆架和書籍數本，正對著整間教室，桌後有一張大椅，椅後有一方黑板，右上角留有兩行字「以夏學奧質，尋拯世眞文」。我選了離講台最近的位置坐下，板凳極小，位置亦不大，三、四人共一長桌顯得有些擁擠，教室內約莫四、五十人。七點一到，原在一樓把門同學回到座位，不多時，忽聽得教室後頭通往一樓住家的樓梯間傳來咿啊一聲，木門旋開，同學全都移開板凳，霍地站起，只見毓老師身著青長袍，頭戴藍小帽，足蹬青布鞋，戴一黑框眼鏡，鬚髯飄長若雪，精神矍鑠地緩步走向台前，同學立刻鞠躬敬禮，坐定後，伸出右手上下揮動，說：「坐！坐！」同學們才敢坐下。——我當時著迷於看「雍正王朝」，直覺毓老師的舉止氣象簡直就和焦晃所演的康熙皇帝一模一樣。——但一聽毓老師說話，感覺馬上就又有所不同了，甚至比康熙境界還高些。

毓老師當時已九十八歲，一開頭便說：「看破世情驚破膽，萬般不與政事同。政治現實，好像一陣風，但是你有風可以颳動別人嗎？你們必得要守人格、愛台灣。中國人的思想是天下思想，半點迷信沒有，平平整整是自我平天下之道，現在講中國學問的全無學術生命！」忽又停住慷慨語調，問：「你們看我今天精不精神？上個禮拜上吐下瀉，到今天才開始吃硬饅頭，就來給你們上課。」忽又語調變高，正聲道：「你們必得要鍛鍊自己、必得要成材、爲這塊土地謀點幸福，才不愧爲文人，什麼是文人？古日文人，今日政治家，經天緯地謂之文！」然後又鬆緩語氣說：「你們看我這麼精神，像生病嗎？我每天晚上還得跑跑台灣問題。」接著毓老師便氣足勢壯地說講起《易經》。

我當時所受的感動和震撼既巨大又複雜。一位九十八歲高齡老先生抱著病體猶自精神奕奕講學不輟，那麼《論語》上所說「誨人不倦」、「樂以忘憂，不知老之將至云耳」的句子根本就不需要任何解釋了，還有什麼例子比眼前更爲貼切？不講求自身幸福而去圖謀天下大利，樂以天下，憂以天下，這不正是古聖賢相與的責任與使命嗎？還有什麼比毓老師躬身實踐薪火相傳更爲落實？而毓老師身上所散發的尊貴氣息、風姿神采、以及鼓蕩豐沛的生命力，又經常讓人忘了他已年近百歲，彷彿才只是四、五十歲的壯年男子，正說著振聾發瞶的話，要啓人迷思、激人志氣、鼓人發動。

毓老師當時每週講課三次，和以前體力好時一週七日天天上課少些，週一講《易經》、週四講《四書》、週五講《春秋》，上課時毓老師總是中氣十足地講論經文、月旦人物、批陳時事，逢上慷慨處，霍的一聲響，覆掌擊案，頓切激昂，興味淋漓，極其精采。聽講學生無一不正襟危坐，仔細抄寫筆記，深怕漏抄一句，因爲毓老師所說的每句話都像格言。書院異常安靜，除了毓老師聲音之外，只剩天花板上日光燈管發出的吱吱聲。

毓老師講書重實學，不尙空談，他常說：「學問沒有作用，就不是學問。」「有利於民生就是實學！」「經書不講玄學、哲學，完全是解決人與人、國與國之間的事，更要解決天下事。」因此他特別注重修身，經常叮嚀學生：「注意！必得要成就自己，人最重要的是人格，以德爲本，爲政以德，沒有成就，就是德不足。有德必有成、必有後。」修身有成，還要發揮影響力，對社會國家天下有所貢獻。

毓老師講經和尋常大學教授尋章摘句的考證解說自不相同，他講經乃欲汲取其中智慧，供作實踐，達臻修齊治平之域，故而講經時總是鉤玄提要，以經解經，貫通六經，不作支離破碎之論，如講《易經》即重「通德類情」（通神明之德，類萬物之情）、「智周萬物、道濟天下」、「聖功」、「識時」之要義；講《春秋》即申論「深明大義，居正一統」、「聖人者，貴除天下之患」之大義；講《大學》即首揭「學大」，「唯天爲大，唯堯則之，然人人皆可爲堯舜，故人人皆可成大人，大人境界者何？與天地合其德，與日月合其明，與四時合其序，與鬼神合其吉凶，先天而天弗違，後天而奉天時。」講《中庸》首揭「用中」，重視「致中和，天地位焉，萬物育焉」的功夫；講《史記》即重「貶天子、退諸侯、討大夫」的史筆深意。總結之，毓老師講學全在於「爲天地立心，爲生民立命，爲往聖繼絕學，爲萬世開太平」的氣魄和志向上，而這些並非泛泛而論，都得從經典中汲取智慧與力量，實實在在付諸實踐。

尋常人若仿毓老師說經，怕亦只能襲得其說，不能眞得其神。毓老師學問，並非空談而來，而是眞有一番驚天動地的實務歷練。毓老師乃滿清皇族，源出禮親王一脈。有清一朝，世襲罔替的鐵帽子王共有十二位，出自禮王府即有三名。第一代禮親王代善，乃清太祖努爾哈赤次子，戰功彪炳，一片忠心，原有機會繼承大統，卻轉支持皇太極即位，受封為和碩禮親王。禮親王一脈，從崇德元年（1636）至清朝遜位後三年（1914）共二七八年，歷十代，傳十五王，聲勢顯赫，人才濟濟，宗族中絕無僅有，堪稱「清代第一王」。毓老師父親即末代和碩禮親王誠厚，毓老師生於光緒三十二年（1906），幼時入宮讀書，受業於陳寶琛、王國維等名儒。七、八歲時，太福晉（滿語，親王正室，即毓老師母親）親授四書，十三歲時讀完經書，後留學日本、德國，滿洲國時曾任職，民國三十六年到台灣，初到台東教育山地學生三年，後回到台北任教大學數年，又自辦奉元書院講學，於今六十年矣。毓老師於中國近代史，親身經歷者多，名公巨卿，多曾交遊周旋，於朝代更替之際，特有感受，故對台灣存亡之感，尤為深切，他曾感傷地說：「老師為何愛國？第一次糊里糊塗清亡國了，第二次張勳復辟，第三次滿洲國，真的假的國家，亡國都不是舒服的事。我告訴你們，國不可亡，到今天為止，我沒有休息過一天，總在思考台灣的未來，你們要好好努力啊！」

毓老師一生傳奇，卻始終如孔子所說：「君子無終食之間違仁，造次必於是，顛沛必於是。」偶回顧自己一生事業，曾感嘆地說：「老師在日本滿洲國時不做漢奸，老蔣時代不當走狗，到現在，人還不糊塗！」有一回上到《易經・乾卦》：「初九，潛龍勿用。子曰：龍德而隱者，不易乎世，不成乎名，遯世而無悶，不見是而無悶，樂則行之，憂則違之，確乎其不可拔，潛龍也。」毓老師忽然說：「我六十年就守這一爻！」我當時極受感動，從沒想過竟有人會用六十年光陰躬身遵守一句經典，其毅力果叫人不可思議，也沒想過一句經典就能有如此豐沛力量足供堅守六十年而毫不動搖，經書之生命力便想見一斑。那句經典是：一個有龍德的人卻隱藏自己，不受世俗改變，不想在這個時代成名，因此遁世隱居，卻不鬱悶，不被人認同，也不鬱悶，喜歡就去做，不喜歡就不做，意志堅定，完全不可動搖，這就是潛龍之德。——毓老師大隱隱於市，講學論道，六十年堅守，正是潛龍之德。

有回上課，毓老師忽問：「學中國文化先學什麼？」同學答不上來，毓老師以手擊案，喝道：「學天下文化，學公，學大！」「大公忘私，有容乃大，天下無界！」又指著黑板上右上角的兩行字「以夏學奧質，尋拯世眞文」，然後挺直身子，把粉筆往桌上一丟，目光如炬，說道：「夏，中國之人也，中國學問都是治國平天下的藥方。」

毓老師上課雖嚴肅，仍有詼諧、溫暖一面。他常自嘲因痛風而變形的食指說：「上帝處罰人眞周密，叫從拿粉筆的手指開始變形！」但也會說：「上帝眞厚愛我，老了還不讓糊塗。」講到《論語》：「夷狄之有君，不如諸夏之亡也。」毓老師會問：「你們見過夷狄嗎？」然後用食指指著自己，說：「老師就是！」有人勸毓老師不要再上課了，該休息了，毓老師會說：「來日方長！」見人在公園遛狗，毓老師必說：「您一定是個孝子。」人問何以見得，毓老師答說：「您對動物有這麼大的愛心，能對父母不孝嗎？」諸如此類，上課時偶然提及，莊諧並出，足徵其「大人者不失赤子之心」。

每回上完課，我走出公寓，胸腔之間總飽漲著一股氣，覺得自己有無限責任，必須趕緊努力，趕緊造福人群，甚至趕緊平天下，那股氣正是毓老師上課時所灌輸的，讀書人的責任感。我如今回想起來，總覺得倘若孔門弟子上課情景能再次重現的話，大概就和奉元書院的氛圍沒有太大差別，一樣是切磋以德，琢磨以道，激勵以天下爲己任。換言之，毓老師其實就是和孔子同等氣象的人，同樣是望之儼然，即之也溫，聽其言也厲，博人以文，約人以禮，仰之彌高，鑽之彌堅。

毓老師如今高壽一百餘歲了，桃李滿天下，而他的生命早和經典融合爲一，他的力量就是中國學術的力量，他的生命就是中國學術的生命，他是君子，也是文人，更是大宗師。

燈下寫就此文，我彷彿又看見毓老師舉起右手，伸出彎曲的食指，精神奕奕說：

「生爲人不容易啊，必得好好充實，對人生有貢獻。聽懂了沒！」

·輯三·也擬逍遙遊

尋常滋味

書院老師說：「要談吃，得真嚐過好滋味。」毓老師這樣說，一點兒不虛張，老師是滿清皇族，炊金饌玉，奇珍異果，原是日常飲食，日日啖之本不足為奇。有一回，台北新開了家餐廳，號稱傳自宮廷御廚技藝，學生們特地請了老師去品嚐品嚐，菜才剛端上桌，老師看了一眼，並不舉筯，逕自搖頭說道：「菜切成這樣，就連西太后的狗都不吃。」可見對飲食要求之精嚴，連刀工都馬虎不得。

龔老師客座北大、清華，我們一票學生去找他，龔老師好吃懂吃敢吃出了名，他領著我們在北京胡同裡四處小吃了幾頓，舉凡閩浙湘川、北京新疆俱皆淺嚐了一些。這會兒，前菜剛上，同學們手裡各拿一塊燒餅，嗅聞裡頭的碎肉之後，個個閉氣鎖眉，面露難色，彼此相覷低聲咕噥著：「肉壞了！」傳到龔老師耳裡，他趕忙拿起一個湊近鼻頭聞聞，面露笑容說道：「香！這驢肉燒餅香！沒壞，沒壞，趁熱趕緊吃。」

要不，就是餐桌上已經盛上一只滾水鍋，芳香四溢，同學們個個口水直流，卻於心不忍不敢動筷，龔老師正在桌前大發談興，引經據典論證這肉在過去是如何的日常，如何的量好實在足供沒有冰箱時代的一家人享用，又如何後來受資本社會頂客族的寵愛而轉變了角色，說著說著，他先挾了一塊，直呼鮮美好吃，不敢吃的同學換到隔壁桌，老師並不勉強，敢下筯的嚐後直呼過癮，然後又聽老師感嘆說道：「狗肉雖好，總及不上貓啊！」接著又說：「要談吃，吃得少怎麼和人談？」他有一回還鳩集了一票人要準備寫一套《中國飲食史》，後來不了了之，徒嘆可惜之至。由此亦可知龔老師對飲食的要求得博食眾嚐、味慧雙修。

我從小在鄉間長大，既沒吃過山珍海味，更沒機會吃遍天下百味，自然談不上懂得飲食，只不過這些年，胡亂吃了一些人云亦云的滋味，排了一些人立己立的長龍，到頭來竟也全忘了這些個傳說中美味的酸甜苦辣辛，如今還能點滴熟記舌尖鼻腔的，居然都是些不起眼的小滋小味。

記得我剛學背書包進山內國小讀書那年，和阿母、兄姐們一同寄住在外公家，早晨照例都喝幾碗水多於米的白粥，佐配豆乳、醃瓜和田間水溝雜生的空心菜，當時既沒吃過好東西，自然就不覺得這般吃有多單調多難以入口。這一天，我終於得自己綁鞋帶，沒想到幾番拉扯之後居然纏成死結，三拆五鬆死結愈形冥頑緊固，我抬起頭，露出一臉可憐相，只見兄姐們各自忙著準備上學，阿母則埋首廚房事務，無人有暇顧及到我，我負氣地又自個兒使勁鬆綁，結果纏裹益緊，竟至動彈不得了，一急之下眼淚不由自主地從眼眶裡冒湧滾流而下，氾濫成兩條小河，好一會兒還沒人發現，備覺委屈，遂嗚嗚咽咽地哭將起來，我哥一聽，昂聲道：「哭什麼哭！連鞋帶都不會綁啊你。」兩個姐姐也在一旁應和，我急了，沒人幫忙還惹來斥責，不知如何是好，遂不顧一切地手舞足蹈、使勁號哭起來。「金龜孫子是怎樣囉？」那是我阿公，從房間裡走出來，問明了原由，幫我解開死結重新綁上，再用手掌揩去小臉上兩條淚痕，然後他走進廚房取出一筒鐵罐，舀出一小匙放入我粥水碗中，叫我趕緊吃早餐，我一邊點頭，一邊還抽抽噎噎地哽咽著，如果說當時候知道有大恩人這個詞兒的話，我一定抱住阿公的大腿抬頭對他說：「阿公，你眞正是我的大恩人！」但我只是含著眼淚默默地喝著白粥，不料粥到舌尖居然有了新味道，讓哽咽的舌頭不斷想和它接觸、攪動、吞下，再接觸、再攪動、吞下，一口氣央著阿公再加一匙，喝一碗，再加一匙，再喝一碗，暖流一般呵護著心頭，「我就知曉，金龜孫子愛喫甜，粥配糖好吃乎！」我猛點頭，舔舔舌頭便跳著跑著上學去了。這是我第一次對美味有了深刻的印記。

印象中有不少美味和憂患有關，比方說颱風天，雨横風狂之際，平常載著雞鴨魚肉乾貨蔬果的小發財車自然不來蔥仔寮廟埕前叫賣，阿媽總是會到阿契婆所開的雜貨店買一條罐頭回來，用菜刀底部尖刃小心翼翼沿罐頭邊沿鏟開，飄出令人垂涎的香氣，屋頂正劈哩啪啦下著大雨，全家在蠟燭底下吃著剩菜和新買來的紅燒鰻魚罐頭，鰻魚骨肉緊密脆軟，微甜稍辣，極下飯，家人好似約定好一般每次把筷子伸進橢圓鐵罐內都只挾起像指甲般一小塊，輕輕咬上一點點，扒上好幾口飯，再咬一點，再扒幾口飯，簡直就像對待鮑魚魚翅燕窩那種珍貴食材一般的嚴肅敬重心情了。

有一回大熱天，中午放學，兄姐們和我從山內國小排路隊走回家，太陽炙烤之下汗流浹背，時當正午腹中飢腸又咕咕轆轆，一回到家便趕緊吃飯，阿公把像梳子般條狀的窗戶全部敞開，窗戶後一望無際的田野送進來大口大口強勁又清涼的撒野的風，吹得我們吱吱樂著，就在衣服、頭髮飄飄揚揚的律動中，我們吃著阿公切好的白肉片，沾上他老人家特地準備的蒜泥醬油，兄姐們和我從未嚐過這款滋味，也說不上好吃不好吃，只是一勁兒地挾肉沾醬扒飯，生怕多說了一句話便少吃一塊肉似地狼吞虎嚥。飽飯一頓後，我悠悠然躺在餐桌邊的床上，讓強風掠奪身上每一處燠熱，不意竟翩然睡去，好一陣子才醒轉過來，醒來後才發現肥幫子怎麼鼓脹得緊，原來蒜泥白肉和著飯沒來得及嚥下一直留在嘴巴裡呢！

後來，我爸千辛萬苦攢聚錢，買下褒忠鄉一棟樓房，全家才搬離蔥仔寮。也是颱風天，靠天吃飯的版模工父親只能隔著窗戶望雨興嘆，到了午後四五點，天空仍密布著烏雲，但風雨漸漸轉小，好些左鄰右舍開門出來活動，我爸也掀開鐵門，瞧看天候，只見巷道積水未退，幾塊較高的地方爬滿一條條肥碩腫脹的蚯蚓，我爸趕緊招呼我們兄弟姐妹四人，要大姐拎著水桶，其餘緊隨其後，我那時心裡想，該不會要學非洲土著抓蚯蚓回來煮著吃吧？還好我爸還沒被颱風攪到暈了神智，他領著我們走向屋前木材行的籬笆邊，只見上頭條板爬滿了避水的大蝸牛，我爸抓了一隻丟進桶內，我們也跟著一起動手，不一會兒水桶裡就裝滿蝸牛，提回家時還鏗哩喀拉擠著爆響。先是我大哥嘗試用清水洗淨蝸牛，但越洗越黏稠，因爲蝸牛不斷分泌黏液，後來我爸不知從哪拿出白色晶體明礬，放進桶內攪混幾圈，蝸牛都收了涎，個個清清爽爽，接著輪到我阿母和姐姐逐一鉤出蝸牛肉，再洗過一回，我爸就熱紅鍋子，拋蒜灑椒，快炒起蝸牛，登時香味四散，引人垂涎。等上了桌，挾起來送入口內，來不及多加思索什麼，只覺得蝸牛肉彈牙香Q有說不出的滋味，要說有多好吃就有多好吃。可惜這等美味沒有持續太久，後來看新聞報導說蝸牛殼中有一種病菌，吃了對人不好，我爸就再不作這道菜了。

大學時，不擅廚藝的學妹有天忽說要作道拿手菜給我吃吃，遂鄭重其事地上超市採購食材，來到我租賃小屋，馬上在瓦斯爐上煮沸一鍋熱水，灑入白麵條，待爛熟後，又放進半顆高麗菜、幾粒大番茄，熬煮一段時間，再叫我打開番茄鯖魚罐頭，她接過手去用筷子細細挾碎，一股腦兒倒進白呼呼的湯中，染紅了整鍋麵條，——學妹戲稱這鍋紅通通的作品，叫做「罐頭麵」，據說此法乃傳自其母，她們家若逢上颱風天經常就吃這款料理。當時我吹著熱騰騰的麵條，一口口咀嚼入喉，分不清好不好吃，只覺得這個女孩這樣不藏私不計毀譽煮一鍋何其簡單的麵條給我吃，只爲了讓我能開心，著實不太尋常。後來我總算嚐出了其中稍稍不同的滋味，學妹便不再只是學妹，而是變成我的妻了。

諸如此類，記憶中沉澱下來的大抵都是這些個尋常滋味。只是近幾年來，螢光幕前、書報紙上，眾口滔滔總是覓美食、談美食、嚐美食、寫美食，腳步常恐落人於後，舌頭常懼少人一味，熙熙攘攘倒也眞好像得到不少趣味，樂此不疲。許多擅於發掘、品嚐、宣講美食的人，除了博得美食家之譽外，更時常流露其品味之雅致與眼光之獨到處，而尾隨其足跡趨之若鶩這嚐嚐那吃吃的人更是絡繹不絕於途了，好似吃頓美食，品味便雅致了，眼光也獨到了。我自然是不懂得吃的，只是愈發覺得刻意去尋找的美食所帶來的喜悅，來得早也去得快，而那些平淡到不行的尋常滋味，因為摻雜著許多過往回憶與情味，卻隨著時間反倒加重其醇厚香美，好比我日後看見了粥，還沒嚐進口呢，就已然覺得好吃，遂在邊吃邊喝的當頭，怎麼就想起那個遙遠的蔥仔寮的早上，我阿公用他的大手掌揩去我臉上的淚痕；又或者我在淡水河邊望見賣燒酒螺或在義大利餐廳發現菜單上有前菜烤田螺，我直覺這必然是人間美味，因著記憶中忘不了那個一直怕我們沒吃過好東西的父親曾特地張羅過一頓蝸牛大餐。這些滋味隱伏心中，伺機而動，哪怕我阿公和父親早已故去多年，卻仍經常留連於齒間舌端，我常想這或許才是眾人都真正具有，看似尋常卻最獨特的人間至味，因著每人不同遭遇與特殊情誼，雖千差萬別，卻各有其味。

我經常懷念這樣的尋常滋味，想著想著，驚覺也許我也該做做幾道菜，含著我的心意，讓別人嚐嚐我特地準備給他們的尋常滋味。

NK UBLISHING

讀者服務卡

您買的書是：____________________

生日：________年________月________日

學歷：□國中　□高中　□大專　□研究所（含以上）

職業：□軍　□公　□教育　□商　□農

□服務業　□自由業　□學生　□家管

□製造業　□銷售員　□資訊業　□大衆傳播

□醫藥業　□交通業　□貿易業　□其他____________

購買的日期：________年________月________日

購書地點：□書店　□書展　□書報攤　□郵購　□直銷　□贈閱　□其他

您從那裡得知本書：□書店　□報紙　□雜誌　□網路　□親友介紹

□DM傳單　□廣播　□電視　□其他

您對本書的評價：（請填代號 1.非常滿意 2.滿意 3.普通 4.不滿意 5.非常不滿意）

內容______　封面設計______　版面設計______

讀完本書後您覺得：

1.□非常喜歡　2.□喜歡　3.□普通　4.□不喜歡　5.□非常不喜歡

您對於本書建議：

感謝您的惠顧，為了提供更好的服務，請填妥各欄資料，將讀者服務卡直接寄回或傳真本社，我們將隨時提供最新的出版、活動等相關訊息。

讀者服務專線：（02）2228-1626　讀者傳真專線：（02）2228-1598

廣 告 回 信
台灣北區郵政
管理局登記證
北台字第15949號

235-62

台北縣中和市中正路800號13樓之3

讀者服務部

姓名：＿＿＿＿＿＿＿＿　性別：□男　□女

郵遞區號：＿＿＿＿＿

地址：＿＿＿＿＿＿＿＿＿＿＿＿＿＿＿＿＿＿＿＿＿

電話：（日）＿＿＿＿＿＿＿＿（夜）＿＿＿＿＿＿＿＿

傳真：＿＿＿＿＿＿＿＿＿＿

e-mail：＿＿＿＿＿＿＿＿＿＿＿＿＿＿＿＿＿＿＿＿

神木

莊子不喜歡神木。

他老人家經常反覆舉的例子約莫這樣，有個木匠帶著徒弟到齊國去，途中遠遠望見有棵櫟樹，樹身之高幾與山侔，覆蔭之廣可容千牛，主幹之粗竟達百圍，歧出的枝椏大到可以造船的就有十來根之多，樹下觀者如市，嗟嘆連連，木匠走近一看，頭也不回地往前走了，徒弟好生地瞧瞪一回，看滿意了，才追趕上木匠，喘噓噓問道：「自從弟子握著斧頭跟隨師父學藝到今日，從未見此等美材，師父卻連看也不看走了，這是爲什麼啊？」木匠搖搖手，腳步仍往前邁，一邊扭頭答道：「別提了，那只是一棵散木罷了！拿來作船則船沉，作棟樑則易蠹，作器物則速毀，作棺槨則快腐，是不材之木，無可用之處，才能這般長壽。」莊子當然不認同木匠的看法，所以他讓櫟樹晚上入到木匠夢裡頭，給結實訓了一頓，我們暫且按下櫟樹的訓辭，先看莊子到底怎樣不喜歡神木。

神木之所以神，就在於有材又能得其所長，盡享天年。只是有材最易遭人覬覦，想得其所長、盡享天年談何容易，所以莊子又舉了個寓言說：宋國荊地最宜栽種楸、柏、桑樹，長到一握、兩握大，要作狙猴木棒的人便砍了去；好容易長到三圍、四圍粗，蓋屋子需要樑柱的人便砍了去；熬了許久長到七、八圍粗，富貴人家要作整塊棺材板的便砍了去。莊子於是感嘆，這有美材的木頭恰恰成了他們不能盡享天年的原罪。

等我站在棲蘭神木底下，昂首仰望著巨大無朋的紅檜時，內心著實充滿無比感動，腦海不自主響起莊子的話，並且奢想著，如果他老人家此刻正在身邊那該有多好。

因爲莊老又說對了。

在北橫公路一百號林道的碎石路上，風是涼而冷地張揚、翻飛、去來，像嬉鬧的蝴蝶。林道時而向左劈開壁立千仞，展現驚心動魄的懸深，時而向右摺疊復舒張一座座大山深谷，壯闊而優雅。在齊整端正的柳杉林連綿不絕地鋪綴翠綠之上，經常可見幾株白枝椏特立獨出，高舉著疏細的葉叢穩穩挺立，好似俯視著群山眾樹，又似要與天爭高。尋常發現幾株鶴立雞群的樹幹枝葉，也只當高大一些的木種，並不爲意，待步下林道，走進林區，來到它的身旁，不由自主地震懾、靜默無語，——神木幹身巨大而粗壯地奮然拔地竄上，以巨人之姿在細幹密枝的柳杉林中昂然獨立、顧盼自雄，吸引著人的視線定住如巨船般的麻白幹身，再緩緩上移直趨神龍見首不見尾的樹端，枝枒錯綜、鱗葉扶疏，風一拂過便柔柔輕輕地撫弄藍天胸膛。——這些三、五十步即可撞遇一棵神木，滿布在棲蘭向陽坡上的神木群，居然個個動輒數百歲、甚至千歲，仍元氣淋漓地活存至今，數量之眾、生意之盛，讓人不禁懷疑起莊子的話來。

但莊子是對的。這些存活於此的神木，原先數量還更多，多到滿山遍谷一眼望去盡是高聳的紅檜林和台灣扁柏群，它們棲息於雲霧繚繞、雉雞、台灣藍鵲、飛鼠和山豬交相往來的棲蘭山區已經千百年了，怎麼也沒料到眼前彷彿伸手可及的太平山，日本人已經開山入林，大肆伐砍數量驚人的紅檜林，把青山碧峰髡成瘌痢的濯濯。位處太平山之後的棲蘭神木林純屬暫且幸運，一時躲過日本人的機具，卻逃不過光復後經濟利益的輾迫，新政府積極開林道、運機具、嘰嘎刨鋸聲終日不歇，山谷騷然，沒多久神木頹然傾倒，紅檜驚呼撞地，扁柏連根拔起，卑屈了他們千百年來高亢的姿態。樹型直挺高壯的，無一不被畫上記號，陸續走向腰斬的命運，唯獨六十二株畸形虛弱的劣木，有的枝幹彎曲不直、有的枝枒過多、有的菌蟲蛀洞、有的矮小窄細，卻幸運地逃過一劫，殘喘至今，成了旅客心中敬畏不已的神木。

這些遭腰斬的神木，過去我竟與他們曾有數面之緣。

我小時住過的褒忠老家正對面就是一戶大木材行，木材行與我家這一長排二樓透天厝恰成垂直之勢，屋頂全用大圓形石綿瓦搭成，高出透天厝一樓高，店面約三十公尺寬，縱深則有一百多公尺深，屋頂下除兩旁外全無樑柱，裡頭黑壓壓疊放著各式木材，偶爾會有連結大貨車出入，運送巨型樹幹，每每得動用廠房上空的吊具花上好長一段時間才能順利搬卸疊放。由於木材行嚴禁煙火，管制出入，我們這些尋常小孩便接近不得，只能遠觀不得褻玩焉。

好巧一回，廠房容量滿載，新運送來的巨木幹無處可擺，便卸放在我家門口，緊挨著木材行圍牆邊至馬路上的一塊沙地，巨木幹柱柱相連，層層相疊，前後緊靠，結實給堆出兩、三座小山丘出來。木材既安放在公共空地，無人可管，我們一群小孩樂壞了，盡情攀緣其上，活蹦亂跳，旁若無人——有時在樹幹上縱身騰跳猶如一隻獼猴，有時在稜線上奔跑彷彿一頭獵豹，有時躺在頂端上吹風看雲像被風吹躺在稻田上的孤獨的稻草人，有時閃入縫隙潛入沙地猶如洞穴的隱居人窺看著縫隙外的同伴身影，有時鑽進各種洞孔前繼後承穿進穿出猶如一串無頭蒼蠅——一有空大家便群聚木山，上下躍縱、笑鬧歡呼，好不快樂。

有一回，我墊高腳尖，站在木丘頂上，試圖將視線越過圍牆屏障，好望進木材行的深處，那裡正傳來斷嗡嗡的切鋸聲，看清裡頭正在做些什麼。就在白光與陰影交界之處，站著一位木匠工人，他的腳露在陽光下，身體則隱於黑影之中，我努力凝看許久，才發現裡頭還有幾個人影，他們正在磨勘拼裝一個大物件，用小吊具舉起一大塊，組好，再舉另一塊，我好奇地看著陰影裡的一舉一動，好容易組裝完成，覆妥像船頭形的上蓋，——我才恍然意識到，那竟然是棺材！這一嚇非同小可，重心不穩險些從木丘上跌落。

如今我再不用擔心會從橫躺的木丘上跌落，當我仰著臉，再次伸開雙手環抱著棲蘭山區一棵棵粗壯直挺的神木時，好似還聽得見它們沉穩的呼吸一般，原來它們還元氣淋漓地存活著、茁壯著、昂揚著，從不用委屈自己用數百年、數千年的生命去盛載一個個不及百年的血肉之軀，特別是當那些消逝的肉身在樹身中蠹壞殆盡時，枯倒的神木還密扎扎地頑強抵抗歲月的消蝕，維持著一貫堅硬的立場幾幾乎不曾腐爛，好見證人們的脆弱與短暫。和過往趴躺的姿態不同，我直直地抱著這些神木時，竟感覺彷佛依偎在巨大長者的懷裡，無怪乎它們會被依樹齡而命名爲孔子、司馬遷、曹操、唐太宗、蘇東坡等歷史人物，只是歷史人物俱往矣，它們還活潑潑、翠生生地挺立呼吸。

時過午後，雲有心而大舉出岫，彷彿浪濤一般由山腳下漫捲而上，先是布上一層烘染，勻細霧白，冰冰涼涼，接著一陣陣微風拂來，窸窸窣窣，添素加濃，好似萬千絲練飛舞翻滾，浮動漲湧，輕悄掩過低柳杉林，旋即攀附而上，最後連鶴立的神木樹梢也一併隱沒了，山谷間只剩白茫茫一片海雲。

車在雲霧中蜿蜒向下，逐漸離開這片生意淋漓的山林。

下山途中，我幾幾乎同雲霧閉隱山谷之眸一般似開還閉半夢半醒之際，彷彿也和木匠一樣夢見了那棵被視爲無用散木的櫟樹來訓人，它說：「我求作到『無用』的境界已經很久了，曾有好幾次幾乎被砍伐而死，如今好不容易才得到，對我來說，無用正是大用，如果我有大用還能生長到現在嗎？你們還要拿什麼東西和我比呢？有用的都因有用而苦了自己一生，不能享盡天賦壽命而中道夭折，這是自己召來的禍患啊！你們和我都是物，爲什麼要相互輕蔑呢？你們是將死的散人，又如何能夠知道什麼是散木呢？」

我和木匠都吃了一驚，猛醒過來，原來車子已達山腳，回望棲蘭山早已是雲山霧罩，一片茫茫了。

福和橋下

福和橋下，臥虎藏龍，非別具慧眼者，不能窺其奧。

尋常人往福和橋下逛，無非鑽進果菜販市備辦日用食材，要不踅進跳蚤市場翻揀便宜舊貨，雜沓往來，駢肩接踵，渾然不知時時與之擦肩而過的，卻有許多身懷絕技者。

每週六、日，清晨五點許，天猶濛濛未亮，一部又一部休旅車、機車、三輪車早集結於永和福和橋下，魚貫越過堤防，停靠妥當，便各自搬卸貨物，鋪展於地上布墊，仔細準備僅有半日時光的生意活計。照理說，大清早，又是假日，顧客肯定還在暖床溫被裡響呼，沒料到早有一票人趁著微曦晨光閃入跳蚤市場，或肩掛帆布袋、或背負背包、或手持提袋、或腰纏斜包，個個目光如炬，如暗夜蝙蝠逡巡繞轉，雷達過一攤攤新舊貨物，發現目標，便迅雷撲前攫住獵物，撫擦掂量、近觀遠望，確認妥當後，隨即問明價錢，交款收貨，收拾入袋，迫不及待地繼續盤翔走繞，等天一亮，人潮漸聚，這票人早已散去。

福和橋下味道極多且濃，沿途幾家資源回收廠長久積累的貨物霉味先聲奪人搶人鼻腔、路口魚販現場宰殺各色隨地放置任由解凍的漁貨潑墨般洋溢著魚腥濃臭、一整籠一整籠待宰的雞鴨禽味、以及竹製圾垃筒中腐敗的蔬果、插在塑膠桶內的鮮花、二手電器腳踏車的機油、泡水的紙箱、悶潮的舊衣褲、塵封又打開的舊書、現搾的苦茶油、現做的紅豆餅、蚵仔煎和藥燉排骨、流動廁所的尿騷糞臭，千奇百怪的味道全不可思議地聚集跳蚤市場四周，競技般在空氣中凝滯又隱隱流動，沒有過人的鼻子耐性，很難走進裡頭，更別說流連忘返樂此不疲。

跳蚤市場平日只一水泥地停車場，逢上假日各色人馬俱攜貨趕來擺攤，撐張紅藍巨傘以遮風避雨，從橋頭往下瞰一一清圓搖舉竟如風中之荷，生意無窮。擺攤者或以此爲業，或逢場插花偶一爲之，約略而說，主分爲識貨與不識貨者。識貨者所販之物，不乏精品，只是索費不貲；不識貨者，售物良莠不齊，大抵劣品多，良品極少，然物價便宜。散落一地之物如弱水三千，隨君一瓢飲，各取所需。所謂臥虎藏龍者，即指能於其間披沙揀金、鑿礦出玉，此看似尋常之舉，實則蘊含大眼力、大學問及大心腸。

君不見地上一桶書畫，取出翻看，字體實不堪入目卻又自費精裱以贈人者不知凡幾，畫虎不成反類犬的贋品如乾隆聖旨、鄭板橋「難得糊塗」、張大千梅竹圖比比皆是。不識貨之攤主自不曉得這許多，有時不知眞假胡亂哄抬價格徒惹人發噱暗笑，逕自喊叫：「張大千這麼有名，一千塊還捨不得買？」若逢上不識貨者眞擁精品又當尋常藝品賣，一紙一百元，此非但需眼明手快，搶人機先，更需天賜良緣，——恰巧今日有攤、恰巧攤擺好貨，恰巧人在攤前，恰巧識得此珍，此何其難哉。比如地上擺滿各項物件，有一銅雕兀自在角落受人冷落，詢問價格，攤主云：「當廢銅賣，五千。」買回一查，竟是朱銘佳作。

大眼力講究快、準，否則落人一著，抱憾而歸；大學問講究精、廣，識畫未必懂書法，懂書法未必能知舊書，知舊書未必懂工藝，各有其精，卻總希冀兼擅各能。尋常人能知溥心畬爲溥儒，未必能知曾滌生爲曾國藩；能知張大千擅畫梅，未必能知彭玉麟亦擅梅，此中有大學問在，更遑論知筆法、探畫風、論結構、辨款識、勘章印、識紙質、察名家、鑒眞假，無此功力，走逛其中只合牆外徘徊，甚難得其門而入也。

是故，總有不少佳話流傳圈中。或謂某偶得一紙，價數百，轉手某書法基金會得五萬元云云，原來是于老眞跡。又謂某偶得一畫，價數千，轉售某收藏家得償數十萬元，竟是林風眠畫作。又云某得一不鏽鋼藝品，轉售某藝廊，竟有百萬報酬，乃楊英風雕品。然此中非皆如此世儈，或言某收得某名家書畫而寶藏之，或云某購得某名家藝品而轉贈其師友門生等等。

此佳話耳語、小道消息大多集散於跳蚤市場兩處，其一在入口不遠有一小木棚，棚內五、六攤，賣舊書兩攤、舊五金一攤、卡拉OK光碟一攤、舊衣一攤，夾雜其中有一攤桌上隨意擺上幾本舊日文書、幾項藝品，略後方另一桌上則鋪滿各式舊照片、文書、字畫，掌店者身材高大狀似山東人，約莫五十歲上下，人極謙和，一看便知乃發自眞心地常保笑容，微笑時右頰上一顆大黑痣的幾根智毛也跟著晃啊晃的，人稱吳老師是也。據云吳老原是畫家，亦雅好收藏，後作畫難臻化境，只充當閒暇嗜好，不料收藏癖卻變本加厲，耽於過眼各家眞跡，樂此不疲。雖說至博物館、藝廊亦能觀得妙品，但畢竟不能手摩近褻，難免遺憾，況且售價昂貴，並非所能負擔，因此便來跳蚤市場擺攤守株待兔，那些一大清早自四面八方前來的高手，久而久之聞其名聲，亦將所得之物供其鑑賞，吳老於台灣前輩畫家如李梅樹、黃君璧等瞭若指掌，斷眞僞八九不離十，是故高手們臨去秋波之際總喜歡窩在棚內，飲酒品茗高談，順便觀看各路英雄戰利品，得以開開眼界、長長見識，不少傳奇便由此滋生。另一處藏於跳蚤市場主賣區最縱深處，老闆約莫四十上下，經常隨心所欲地擺賣主題物件，這週專賣舊書、下週專售老相機、舊字畫等，醉翁之意不在酒，經常可見一票獵人在裡頭閒嗑牙、賞戰利品。

彼一大清早極其低調肩負斜包與人不斷擦肩而過者，實大有來頭，著名舊書店如百城堂、舊香居老闆林漢章、小吳便是此間常客，兩人俱以眼快聞名，通常一眼掃過便曉一攤上數百物件有無佳品，最極致者竟憑空生出第六感。且說小吳父親即舊香居第一代老闆老吳，有回自蘆洲回台北，暗夜中開車路過一處垃圾堆，老吳轉頭謂小吳云，彷彿看見一幅畫在其中。小吳答云，太暗了，不可能。車再往前開好一陣子，老吳喃喃自云，有一幅畫在那裡。小吳爲讓父親絕望，折回車去，讓老吳一人走入垃圾堆深處，不料竟眞翻出一幅被塑膠袋壓住的油畫小品，回家一看，喜出望外，竟是某名家所作，其第六感（或謂職業病）至此，眞令人咋舌。若夫以精準聞名者大多爲大學教授、美術教師、藝廊搜查員，則學有專精又眼力不凡也。至於半路出家者，或興趣之所致、或利之所趨、或收藏癖之使然，則各行各業，無奇不有。

福和橋下，看似尋常，實不尋常，倘若登門入室識得許多故作低調之行家眞貌，即以為窺得跳蚤市場神髓，自是未究眞妙，福和橋下之所以誘引諸路英雄不辭千里而來，豈是單純孳孳為利，當然不是，其中自有大慈悲之心腸使然。君不見隱於台灣各角落多少腳蹬三輪車與騎一小機車後頭拉著改裝板車的老弱婦孺，沿街逐戶撿拾收購廢棄雜物，又有多少珍貴物品是前人寶藏而後人棄之如敝屣以致流落街頭，這些珍貴物品若不幸進了垃圾場，淪為紙漿，燒成湮滅，自是從人間蒸發消失；若有幸而被揀進三輪車、板車內，又有幸來到福和橋下，又有幸被故作低調的行家揀出，又有幸進到另一個珍之寶之惜之的人的牆上櫃中，此中有多少因緣啊。若珍品有序有跋歷歷可考，難免會興起舊時王謝堂前燕，飛入尋常百姓家的喟嘆，流離之物大多飽經變故，或藏主故去、或家道中落、或水火相侵、或戰亂蔓延，極盡處總是逼出無限滄桑。是故，走逛之行家自期以文化興亡為己任，搶救得一物算一物，好似救藝術品一命，勝造七級浮屠云云。

是故，每週兩日開市，誰也不知今日可能出現何物，諸路好漢總懷抱無限希望而來，聚精會神挑揀無窮盡之滄桑變故，誰也沒時間多想一下或許今日撿得之物日後仍有變故、有滄桑，不過此刻之安定便是最大安定，哪怕時間短得猶如一場春夢，然諸人皆安於夢安於酣睡，在變故中偷得一點點穩固與安定感，誰也見不著日後數不盡的變化，變化只留予後人說去，顧不得那許多。只一回又一回走進福和橋下，觸目所及都是一攤又一攤的希望，繞完後又是下一週復下一週的希望，無止盡的希望與驚奇，無時無刻地擺布眼前，多像開朗奮發的人生觀，而滄不滄桑就留給後人嚼舌根去吧。

布農天籟

台灣十一族原住民大多各自有其獨特文化象徵，得以區別彼此，比方說達悟族的銀盔甲、獨木舟和飛魚，賽夏族的矮靈祭，阿美族的豐年祭歌舞，泰雅族的臉部刺青，鄒族的小米祭，排灣族的手臂刺青，那麼布農呢？布農的象徵文化比較特別，名氣比起其他族群格外響亮，幾乎是舉世皆知，這是因爲一九五三年時日本學者黑澤隆朝在一場國際研討會中披露介紹了布農獨特文化而震驚全球，那究竟是什麼呢？原來是大家耳熟能詳的八部合音。

布農族人其實不管叫八部合音，他們都稱 pasibutbut，翻成漢語即祈禱小米豐收歌。pasibutbut 合音部分實際上只有四部，所以布農族人總覺得八部合音不甚恰當，將來有機會一定要正正名才行。pasibutbut 屬於祭典歌曲，演唱時機通常是在布農族播種祭之前——等到祭司決定好祭日，愼選了八名至十二名（偶數）的布農族成年男子（他們必須是一年之中行爲表現良好者），然後共同住進祭屋內，隔天再由祭司帶領這些男子們走出屋外圍成圓圈，雙手相互交叉置於背後，圈內放置種粟一串，由祭司前俯後仰律動著帶頭領唱發出一長聲沉厚而穩健的低音，接著另一名男子加入高半音的和音，穩妥而安祥的和音浮在前音之上，忽然又吐出更高度的和音，翔飛在前面兩部聲音之上，然後又湧出更高度的應和，把前三部的合音環環擁抱，形成無比和諧天籟般的合聲。

據說 pasibutbut 是布農族祖先模仿瀑布流瀉奔灑的嘩然迴響而來，也有說是聽見巨木中空樹幹裡的成群蜜蜂嗡嗡聲響仿擬而成，也有說是在結穗盈盈的小米田中聽到成群結隊的小鳥振翅疾飛而過的拍撲聲效仿而得，眞相爲何已不得而知，唯一可知的是 pasibutbut 正是布農族祖先師法大自然樂章的最佳證明。

第一次觀賞原住民樂舞是在師大體育館內，原舞者的表演人從暗黑的舞台上悠緩地輕輕吟唱起來，繼而高亢嘹亮，盤旋回繞，彷彿整個體育館空間都隨之共鳴、與之震盪，不斷撞擊著全場觀眾的五臟六腑，當時我整個人七竅十指四肢百骸彷彿就快要活脫脫地鬆開裂解，毛孔隨音調起伏而直豎高亢，髮根跟著節奏而挺立倒插，脊樑滾灼，滿心激動，飄飄兮若魂不能附體——如此經驗一回便叫人終身難以忘懷。

今年來到南投羅娜部落第三天，寒流讓霧氣布滿了整個部落，霧茫茫一片封街鎖路，只剩幾盞在黑暗中濛濛發著白光的路燈，微微還可以分辨幾株嬌豔盛開的紅櫻花樹影，忽然間大霧中竟飄出歌聲，穿過滿是霧氣的紅土圓形操場，抵達國小司令台上，我們正巧對著白霧胡亂探看，霎時就被歌聲完全震攝住了，四下無聲，連一點蟲唧蛙鳴都絕息了，霧緩緩移動，風悄然無聲，只有歌聲忽大忽小，忽高忽低，連綿不絕乘著白霧飄送進耳裡，我忽然受電擊一般彷彿又回到從前在師大體育館內的感覺，整個人七竅十指四肢百骸都快要給鬆開裂解，我閉上眼睛，凝神靜聽，突然整個人像散開一般，隨著歌聲鬆開裂解，融入霧中，融入霧裡所籠罩的大山群樹、溪谷台地，融入一片茫茫。

於是，才恍然布農族的歌聲，舞台原在山谷之間，並非是體育館內、麥克風和現代燈光中，每當眞誠而尊敬的歌聲從喉間發出，穿樹越雲，山鳴谷應，飄蕩在樹梢雲腳之間，人忽忽就成爲一座山、一棵樹、一段水流、一片浮雲，於歌聲消失了自己，展現極大極明極動人的自然。

然後我們就在茫茫的霧裡理解了 pasibutbut 既莊嚴肅穆又遼闊渾漠的奧義，理解了布農族人歌聲裡的美好與動人。

自成大俠

之一

如果說人生難免有些憾事，那進不了褒忠鄉的自成戲院看《小畢的故事》大概是我這輩子大憾事之一。

褒忠鄉位於雲林縣正中心，同台灣絕大多數經過也不會記得的鄉鎮一樣沒啥名氣可言，就像和朋友介紹這個我從小居住的地方時，總還得補充一下，是在北港之北、西螺以南云云。自成戲院就座落在褒忠鄉大街上，比起大街上一間間蜂窩似地侷促二樓店面，自成戲院佔地寬廣，四層樓高的圓弧波浪屋頂，從遠處一望彷彿就像俠客鶴立在雲嘉無邊無盡的平原之上。

自成大俠左手拎著菜市場，菜販肉屠吆喝其間，商賈婦人絡繹不絕，頓增市井煙塵之氣；右手抱著車站，台西客運的黃綠公車去來不已，別離銷魂，重逢喜樂，演盡人生悲歡離合。大俠正眼盯著我，我逃脫不了他的目光，總會在光顧完小蜜蜂瑪莉兄弟的電玩店，口袋空空的情況下來到大俠腳邊，看看上映中或預告片的海報、宣傳車，觀察進場、出場的大人們的表情，以示懺悔。

大俠肚子裡藏的是啥武功秘笈？我從未有機會得知。不過從平常清淡日子的美豔三級片海報看來，這位大俠著實是個愛好女色的風流劍客。

我彷彿也是愛好女色的。隔壁三年乙班新來的班導，是一個長髮又有氣質的年輕女老師，我經常假借找同學留連在乙班窗口，只為了能偷看女老師一眼。乙班同學告訴我，星期六中午放學後，老師要帶全班去看電影《小畢的故事》，每個人都有優待，國小團體票價只要五塊，問我要不要去。

這還用說，當然要去。

星期六中午十二點半，我忐忑不安地在大俠腳下徘徊，握著好不容易從阿母那裡求來的五塊錢，時間一分一秒流逝，乙班的同學都到了，女老師還不見蹤影。我中午沒回家吃飯，肚子咕嚕咕嚕響，一旁烤香腸的攤販車不斷傳來香味。剪票的小姐催促圍觀的我們：「電影要開始了，要看就趕快進場。」又有同學說：「老師肯定是不來了，大家要不要解散？」然後我就下了一個這輩子最大的錯誤決定，我用五塊錢換了一條香腸充飢。

然後呢？女老師及時出現，匆忙地領著三年乙班全部學生進入戲院。我沒有多餘的五塊，咬著只剩一半的香腸，失神兀立在剪票口前，就像自成大俠兀立在嘉南平原一樣。

之二

香腸的滋味竟如此酸苦。剪票口的小姐百無聊賴地嚼著口香糖，數算票根，我望著往上延伸的水泥樓階發了好一陣子呆，想像同學和漂亮的女老師正在裡頭安穩看電影的模樣，想累了就到公布欄前，盯著《小畢的故事》幾十張大小不一的劇情照片，想像劇情如何推展，幻想自己也坐在裡頭觀賞著。

興許是精誠感動天，不曉得過了多久，剪票小姐起身上樓，問我想看嗎？我興奮地點頭喊要，忐忑不安地緊隨其後，小姐揭開黑帷幕讓我站在樓梯口邊，我趕緊捕獵銀幕，銀幕上的小畢已經長大成人，一身軍裝，在咖啡店裡和以前同學聚會，女主角的旁白聲音突然響起，全劇卻待結束。不久，銀幕冒出字幕，走道亮燈，剪票小姐掀開樓梯黑幕準備清場，大量的光從我身後通道湧來，出場的人潮從我站立的樓梯口穿過，裡頭應該有女老師經過的，但因爲某種惆悵，我居然沒法發覺。

《孫小毛歷險記》多少彌補了這份惆悵。那時節我剛升上小四，年輕女老師轉調他校，天大的相思都因分離而日漸稀薄了。只有自成戲院仍一如往常地座北朝南，維持著俠士該有的低調，從它水泥塗面的建築外觀看來，實在很難發現它竟然是座戲院，不知情的人很可能誤以爲穀倉。自成大俠之所以特別，在於方圓十五公里，鄰近五、六個鄉鎮之內，居然只有同樣偏僻的褒忠鄉有戲院，光這點就不能不讓我與有榮焉，深以爲豪。於是，當玩伴發現一條從菜市場屋頂可以翻進戲院廁所小窗戶的捷徑，再堂而皇之地走出銀幕右側的廁所門入院觀看電影，我和大俠的感情便急速增進。《孫小毛歷險記》就是我免費觀賞的第一部電影。

我在自成戲院的黑天暗地中鬼混過一段時間，自然就習慣了廁所裡不斷傳來的尿騷味和天花板上飄下的霉臭味，還有坐久了身子骨會麻痺的硬木椅。至於禮拜三下午沒課時放的色情片，我們對畫面裡嗯嗯啊啊的興趣遠低於回頭偷看整場零星三五個老人目瞪口呆的神情。

天下沒有白吃的午餐。有一天我們會發現，廁所小窗戶被新安上鐵絲，再不得其門而入，就像之前說的，天大的相思都會因分離而日漸稀薄的，我和大俠也是。上了國中後，自成戲院因入不敷出終於停業，關門大吉，我當時在升學主義愁雲中打滾，無暇憑弔，沒空搭理。

十幾年後，我三十歲生日前一個月，意外在公共電視頻道看完《小畢的故事》，我不自覺想起往事，想起自成戲院，數十年如一日，往事滄桑如夢，只有自成戲院仍隱居在菜市場旁，既不重新開張，也不四處張揚，非常低調，就像一位大俠。

重返金門

還記得嗎？我們。

當我們換妥便服拎起背包，花花綠綠地集結在料羅灣碼頭有說有笑時，身著白軍衣的海軍弟兄已經開始指揮讓登上蛙人快艇，準備接駁前往因退潮而下錨在外海的運補艦。經過一小段風浪，好容易全員登船，船笛嗚嗚大響，起錨回返台灣。我們杵在甲板上，忽然全安靜下來，望著面前這座綠色小島，一時思緒萬千，又壓抑不住內心喜悅，直到有一種聲音漫湧上來掩蓋其他，彷彿是大家共同心聲似的：「媽的，我絕對，絕對不會再回到這個鳥不拉屎的地方來。」

退伍後頭些年，我們壓根兒忘記金門種種，只有偶爾在昔日同袍餐會上才猛然回想起片段，但擺在面前關注的話題還是彼此的新工作、新生活和新心情。很快的，三五年過去了，大家陸續結了婚、有了小孩，當生活中偶逢挫折或不順遂時，金門記憶便像魅影一般出沒，閃進腦海裡的盡是寒風刺骨的深夜瑟縮著睡意站哨的經驗，不由得咬緊牙，罵一聲：「都捱過來了，這哪值得發愁！」隨即再度勇往直前。後來更多時候，金門記憶竟像漏水一般不斷從生活中的空隙滲出，最先很可能是話題聊到當兵，先是有人說下基地多累多累、訓練多操多操、班長學長有多機車多機車，待輪到我們抒發時，我們只消點醒他們，「在本島當兵還不爽啊，要知道當初在金門，兩年只能返台四次！哪像你們這些爽兵見紅就放啊。」然後漫長等假的艱辛感覺忽然又重回心頭，不自覺地抬起頭來看看窗外天空，擔心大霧又讓飛機停飛，回不了台灣。後來很可能意外間提及貢糖，他們嚷說從沒吃過，我們一定很不以爲然：「在金門吃到快吐了！貢糖五花八門，花生芝麻肉鬆蒜味高粱竹葉（甚至豬腳）口味之多，令人咋舌！」然後我們就會想起返台假時在金門尙義機場人手一大串貢糖禮盒的景象。更多時候我們參加酒席，桌上經常出現高粱酒，我們會下意識地舉起酒瓶看看生產地，對著同桌客人說：「高粱，還是金門的好喝。」腦海隨即又浮現同袍一起喝高粱慶祝破百的畫面。

然而究竟是什麼力量逐漸鬆動了當初在運補艦上的壯語呢？誰也說不上來，只隱隱然感受到金門開始像一座強大的磁場，逐漸散發與日俱增的的吸引力，牽引著我們思緒，時不時就閃入生活的空隙，拉扯逗弄一番，這才恍然又已經過了七八年之久，然後就有人隱忍不住了，買好機票，直奔金門，待個三天五日的，滿足地回來了。接著他們便開始慫恿我們，回去吧，回去吧。

當我們決定攜家帶眷，或者呼朋引伴回去時，過去的時光竟像暗房裡的閃光燈啪一聲亮起，忽然全曝了光清晰起來，然後我們便小心翼翼地登機、飛翔，在飛機小圓窗口望見了久違的綠色小島，居然仍和過去一模一樣。

踏進尚義機場後，同機旅客立刻被遊覽車接走，直奔水頭碼頭，他們不是來金門的，他們要到廈門去，金門對他們來說，只是路過，沒有停留的意義。但我們不是，我們是要來重溫、撿拾過往的回憶。

我們在機場門口再次會見了那尊新蓋的風獅爺便放了心，是金門沒錯，是不想回來偏又回來的金門沒錯。和過去一樣我們不是搭公車就是搭計程車回營區，但這回卻直奔當兵時家人從台灣來金門眷探時的旅館，辦好入住手續——才驚覺現在我們已成了外人。然後租妥摩托車或汽車，便直奔古寧頭、太湖、莒光樓、金門舊酒廠、馬山觀測所，風塵僕僕地東趕西趕，貪心地要以天換年，用三天換回兩年所有行跡，我們嘴上還滔滔不絕地向親友們吹噓著，想當初是怎樣怎樣，哪像現在如何如何，其中當然不免憑空增添了許多誇大不實之處。等天色稍晚了，才回到金城，到一處藏於巷弄間不知名的閩式四合院餐廳吃海鮮，那是過去學長帶我們來的，吃一些台灣吃不到的菜色，什麼炒佛手（沙灘上一種生物）、蛋炒蛋（雞蛋炒魚蛋）都在那裡嚐到，更重要的是當初來這裡不是學長破百破月、就是我們破冬，而那是軍人心中最大的得意，只是今晚絕難重現當時氣氛。

飯後踅到金城街上閒逛，原本冷清的模範街紅樓群已被整修得煥然一新，裡頭還有兩三家泡沫紅茶館播放著搖滾音樂，十分熱鬧。再往前走，忽豁然開朗，只見高高的牌坊襯著月色，原來到了邱良功母節牌坊，這牌坊我們很熟，但總沒人願意去深究一下邱良功是何許人也，他媽又怎樣含辛茹苦贏得此坊，我們只會口耳相傳說這牌坊是古蹟肯定要瞧瞧便是。一旁的金吉利鋼刀店還沒關門，多年來擺在門前的廢棄砲彈似乎一顆也沒少，而牌坊後我們常光顧的廣東粥老店則大門深鎖，看來得明兒個一大早才會開張。再往前走，過去大門深鎖廢置許久的一座古衙府，如今已門面一新，成了金門鎮總兵署，經過大肆修整，看上去美輪美奐，裡頭還有許多精采展覽，不過那是我們陌生的老金門。走出總兵府，踩在街道新鋪的人行地磚上，迥異於過去我們走的水泥路，這也是我們陌生的新金門。

隔天，我們要到太武山爬山，途中也會發現原先的伯玉路已由兩線道的夯土路變成四線道的柏油路，太武山腳下的防衛部隧道口新築了一道水泥牆，不得其門而窺。只好上山，幸好太武山上的「毋忘在莒」碑仍在，而山頂上的鄭成功觀兵處被金門國家公園處整治一新，鋪了上木平台，憑檻遠眺，金門全島、灣港、海洋、大陸幾個小離島，全都一覽無遺，快哉！風從山下颯颯吹來！雄哉此景何等開闊，非太武山不得有此感受。下山朝山外去，我們還興致昂然地向親友解說，想當初一到今天這種假日，「山外」騎樓下必然駢肩雜沓，爆擠著放假的阿兵哥，大家情願在小騎樓上摩肩接踵，也沒人敢走出馬路上，因爲師部的憲兵正騎著野狼機車虎視眈眈地在那裡繞圈子尋找獵物，糟糕的是郵局附近那裡沒有騎樓掩護，大夥兒在提款機前排了三、四十公尺長的隊伍等領錢花用，憲兵機車聲一接近，原先筆直的隊伍立作鳥獸散亂如洪水潰堤，逃命之危急比夜市攤販之躲警察猶驚險千分，唯剩提錢還沒吐鈔出來的冤大頭兔脫不得，憲兵一逮到人便百般挑剔，登記違規。——後來躲憲兵竟成了我們最具憂患意識的集體行爲，就像抓迷藏躲鬼一樣。——還在天花亂墜絮說時，已經來到山外，不料，騎樓上、馬路上竟看不到一個阿兵哥，可今天是禮拜天啊，繞來繞去還是沒看見半個軍人。找了一家店家問，才知道國軍因精實案及戰略調整把金門的兵力縮減，全金門阿兵哥所剩無多了。我們走在山外街上，頓時覺得寂寥，許多店依舊熟悉，貢糖店、書局（尤其是白髮燦燦的陳長慶先生所開的長春書局）、撞球間、電影院、泡沫紅茶店、漫畫店、金門名產店，但是整個氣氛不對了，太冷清了，這不是我們過去的山外了。

我們很快收拾好心情，暫且和親友們熱絡地買起高粱酒和貢糖，還猶如識途老馬一般極其熟識地充當起解說來。買完後，我們心情才又開始緊張起來，因爲接下來便是要去此行最爲重要的景點——車子逐漸接近，似曾相識的場景一一映入眼簾，正疑心是否超過，車子竟已駛出村口，趕緊回頭，可彎來繞去居然遍尋不著，急忙找一路人相問：「某營連不是在這裡嗎？」路人答道：「是啊，不過早已拆光了。」路人復舉起手，指著前方路口說：「你看，轉角那個公園，就是以前的某營連啦。」我們愣了一下，待回過神來便喃喃自語：「怎麼會變成公園？怎麼會變成公園？」路人又說：「沒辦法，阿兵哥撤光光了喔！」我們走到公園前，腦海還不斷浮現舊營區的大門、營房、操練場、餐廳、軍械室，轉眼間都變成了完全結合拼湊不起的小土丘、水澤和庭閣樓台，我們站在公園入口看了一眼，就連踏進去的氣力都沒有了，親友們問：「爲什麼不進去看看？爲什麼不進去看看？」我們搖搖頭，嘆口氣說：「都不對了！都不對了！」

然後我們便若有所失地蕩到水頭碼頭登船準備到小金門，沒想到原先簡陋的水頭碼頭已經變了樣，旁邊新蓋一棟大樓，碼頭邊更是人聲鼎沸，原來都是要到廈門去的旅客。船晃到小金門九宮碼頭，碼頭邊新開放的九宮隧道（和翟山坑道一樣都是過去海軍陸戰隊藏小艇的通海隧道，我們那時候還沒開放），我們走進去參觀，同樣好奇、一樣驚訝——竟覺得自己活像觀光客——忽然間，興起一個念頭，漸漸洶湧起來，隨後我們便心不在焉地陪親友逛了八達樓子、湖井頭戰史館等地，再告訴他們海園餐廳很值得一吃，但是晚餐卻不吃海園了——我們要重回金門去吃我們過去常吃的東西，遂急急忙忙趕回舊營區，過去有好幾家賣雜貨的店家大多關門大吉，只剩一家還在營業，我們推開門，忐忑不安地問：「請問有賣炒泡麵嗎？」老闆娘親切地回說：「有！」我們喜出望外，趕緊招呼親友們坐定，好生等著陳年歲月的滋味。等老闆娘端出碗盤出來時，炒泡麵的味道已經佔領我們的思緒，把我們推回過去半夜下哨、加完班飢腸轆轆的時刻，隔著圍牆等待電話訂來的炒泡麵——開水泡開的兩包泡麵，佐以蔥蒜椒油快炒而成——填補了多少日子的飢餓。我們細嚼著炒泡麵，全然聽不見了老闆娘和親友的對話，此刻我們已經神遊回到我們的過去，那個永遠都回不去、記不全、印證不來的舊時光了。

然後我們便安心地離開雜貨店。

隔天，當我們重回空中，透過機窗下瞰被海洋擁抱著的這座綠色小島，卻已不復當年牢騷：「媽的，我絕對，絕對不會再回到這個鳥不拉屎的地方來。」非但我們違反誓言，來了，並且憑著一丁點的氣味、似曾相識的景況，讓我們得以再一次重溫那早已消逝、說也說不清晰的情感、悸動、或者誇飾過頭的苦辛——哪怕今日之金門已非昔日之金門，或者說今日之我已非昔日之我，當早熟的滄桑感受瞬間爆發，我們知道我們早晚還是會再回來的，到那時候，或許連炒泡麵都沒了，甚至連舊營區改建的公園又變作其他事物，更甚者連我們都老到和舊照片裡年輕軍人模樣也對不起來了，但那又有什麼關係——我們永遠知道、也恆常清楚，我們曾在某個特殊的時間、空間底下，一齊在金門待過，苦過，樂過，我們或許不曾相識、也不必相識，憑著這一點曾同居過小島的感情，我們便知道我們自成一群，與眾不同，也因此，無論時間過了多久多遙，未來的某一天，我們肯定又會再一次重回金門，因那是我們曾共同過的年輕時光。

京滬漫行瑣記

逛北大

到過北大的人大多聽人說過，北大景點就四個字，「一塌糊塗」，初聞此等形容，聆聽者莫不驚訝詫異，露出懷疑眼神，待獲悉其中緣故必繼之以會心一笑，原來這「一塌糊塗」不是差到無啥可觀之處，而是諧音「一塔湖圖」之意，指的正是北大三個著名景點，博雅塔、未名湖、北大圖書館。逛北大自然少不得按圖索驥尋訪尋訪，但若以為此乃北大佳處，自然是外行話了。大凡一校圖書館藏書之窘富與否與走逛者無關，況北大圖書館嶄新建築面貌與湖光山色之格格不入更令漫行者瞠目搖首；此外博雅塔雖高且雅，實際卻是一座水塔，難發人思古之幽情；三景之中唯有未名湖能使人留連、遊逛忘返。

未名湖之佳處，實乃北大之佳處。未名湖之所以吸引人，在於園林庭樹、山水樓閣，而北大之所以能有未名湖，乃因北大原爲清朝皇家園林群所在，由北而南有朗潤園、鏡春園，由西向東則有承澤園、蔚秀園、暢春園、鳴鶴園，與圓明園、頤和園比鄰相居，水系互通一氣，這些園子過去或爲皇帝所幸、或爲公主居所、或爲大臣私有，園林之精采從其地位、權勢和財富便可想而知。未名湖即是清重臣和珅的私家園林庭景之一，景色之美自不待言，如今北大拆除所有皇家園林界壁，使之合而爲一，變成一處偌大校園，久而久之，後人忘其所由來，亦當一般尋常公園來晃蕩。

既是園林，必取其幽深曲折，所謂一步一景、步換景移是也，北大實則不大，比起清華只有人家的三分一，但身處其中卻總覺其行走不盡，有山窮水盡疑無路、柳暗花明又一村之感，此正是園林依勢曲折設景妙處所在。因此逛北大最適合的方式便是走路，除此之外，別無他法，有人說騎腳踏車也不錯，但那主要給學生趕課行色匆匆用的，驚鴻一瞥可以，要深刻體會園林之妙絕難辦到，至於搭遊覽車遊賞自然是最便捷最快速，不過那是給一般遊客糟蹋美景用的，連皇帝都不會這麼來的。

說到走路，最好從未名湖附近走起，不必急行搶看每處景點，安步當車才能仔細察看夏天疏密相間的雪松和松，白柏和柏有何不同，直挺的槭樹與倒垂的柳樹如何相映成趣，更不用說林中深處雜植的李、梅、竹、槐等怎樣營造出深深深幾許的幽深效果。而當空氣瀰漫著北方特有的夏日氤氳煙霧時，送來一陣微風，隨後不絕於耳啁啾嘶喳此起彼落喚起的鳥鳴，忽見一喜鵲驚慌從地揚翅飛起，再放眼朝湖遠處望去，一近一遠、一動一靜、一高一低，最是遊湖之樂所在。

走著走者，還能感受到昔今盛衰的滄桑感，比方說走進「四扇屏」時，看見乾隆皇帝御筆兩幅對聯「畫舫平臨蘋岸闊，飛樓俯映柳陰多」、「夾鏡光澂風四面，垂虹影界水中央」，或是走著走著就遇見了乾隆詩碑和乾隆喜愛的梅石碑，不免想起康雍乾盛世風光；然後又隨處可見的散落各角落的圓明園遺物，翻尾石魚、石麒麟、華表、石虎，又不免想起清季衰世列強侵凌火燒圓明園的故事。逛著園林，竟就這樣一悲一喜湖浪般交替著。

走進北大難免得回味一下五四，那得往校史館裡頭走，裡面有蔡元培、胡適、陳獨秀、聞一多，也有我們太師祖王國維、熊十力、黃侃，喧赫一時的，如今都只變成一張照片，幾行介紹文字，且最重要的是五四發源地並不在此，而是北大前校區，現在北京沙灘。

往南走，到燕園，廣場為一大片草坪，與園林氣氛截然不同，草坪兩旁為舊燕京大學宿舍，如今都改成學科系所教室，灰撲四合院兩兩門戶相對，共有六院，建築風樣古樸，很是可愛。晃至燕南園，又見林樹蓊鬱，家家庭前栽花植樹猶如田園風光，原來是教授宿舍，哲學名家馮友蘭三松堂即位於此處，因其院前有三棵松樹，故有此名。出燕園，已無園林可看，建築之醜亦無可留駐之處，但看學生而已，只見拎沐浴用品踩著拖鞋準備要到澡堂洗澡的，提著熱水瓶要到開水房盛熱水的，脫光上身站在宿舍上乘涼的，來來往往走路、騎單車相錯而過的。

再往南，就走出北大了，這樣隨意晃晃，三、四個小時也就夠了。

清華散步

北京人喚清華大學，管叫清華，不稱清大。大抵學中文的人到了清華，難免興致沖沖同一般遊客一樣急欲一窺朱自清〈荷塘月色〉裡的荷花池究竟什麼模樣，除此之外，總還會想起清華的國學院，以及國學院裡頭的四大導師：王國維、梁啓超、趙元任、李濟。剛踏進校園，腦海中便對清華興起無限遐想，有的是對〈荷塘月色〉描寫文字的虛擬想像，有的則是對國學大師學問之博厚精深難以蠡測的驚奇想望。

才剛從西門走進清華，即可發現清華與北大風格大不相同，北大全以園林為主，曲折幽深，迷離撲朔，清華雖也有園林如近春園，但已是改建過的，融入西方庭園風味，與中國園林大異其趣，雖則湖光陵丘依舊、湖畔堤柳依舊，只是樹種不同，長幹高樹讓行走間視線無礙，一眼可遠觸樹林深處，疏朗開闊之感與北大曲折幽深大不相同。從近春園再往東走，可見高樹林立，樹下密布如茵草坪，整體感覺已像西方公園，換言之，清華風格乃雜糅中西。之所以如此，則不能不從其歷史談談。

眾所皆知，清華的成立與戰爭有莫大關係。清華原址為圓明園一部分，裡頭主要有一個園子叫近春園。園子主人咸豐皇帝後來把園中一棟名叫工字廳的房子改名清華園，賜給了五皇子。英法聯軍攻入北京，火燒圓明園，大火一路往南延燒，居然跳過清華園，直接把旁邊的近春園燒成成一片廢墟。義和團亂後，清廷簽下大量賠款和議，唯有美國羅斯福總統把錢退回一半，希望建辦學校培養學生赴美留學，清華前身就此產生了。也就是這種因緣，讓清華後來越趨西化，充滿濃濃外國風味。

從三進深左右各有兩護龍的清華園走出來，望左邊走幾步，可見一大棟西式紅磚二層洋樓，再往前幾步，豁然開朗，一個足球場大的草坪出現眼前，遠方有一白柱紅磚灰圓頂大禮堂，左右各有兩棟或紅磚或灰磚兩層、三層大洋樓相互對稱，完全是歐美大學風貌，氣派大方，穩重莊嚴，清華早期建築盡聚於此區。

先往科學樓旁小徑走去，忽見一亭，庭前有荷花布湖，數朵荷花含苞欲放，入亭一看，乃自清亭，此景即是〈荷塘月色〉所描寫之景也，初看竟與尋常小荷池並無兩樣。再往前行，見乾隆御筆「水木清華」大楷字懸於臨水門堂之上，下有不知何人狗尾續貂之俗爛對聯「檻外山水歷春夏秋冬萬千變化都非凡境，窗中雲影任東西南北去來澹蕩洵是仙居」，非唯意思重出，對仗亦不工穩，詩意猶無新意，唯一可駐足觀之，乃看著幾個努力想看懂繁體字對聯的男女老少，猜東想西，拼湊不出正確的聯句，一樂也。

退回來，再沿草坪邊走，兩旁洋樓、中軸心禮堂倒也沒興起太大感觸，唯刺槐、法國梧桐高大濃蔭，行走其下，清風揚起，通體舒暢，抬頭一看枝葉搖動彷彿嬰兒小掌招手，十分可愛。復往前走，至草坪前端，找到一處黑體紀念碑，正面直寫隸書大字「海寧王靜安先生紀念碑」，背後刻有陳寅恪所撰之碑文，乃過去耳熟能詳篇章，重讀至末幾句「先生之著述或有時而不章，先生之學說或有時而存商，惟此獨立之精神、自由之思想，歷千萬祀與天壤同久，與三光而永光」，一時想起毓老師曾說過，當時觀堂先生沉湖，屍體撈上岸，人群散盡，唯毓老師靜坐樹下陪伴先生，心緒翻騰，腦海中直響起這樣的話：「一個整天叫人復國救國的人，到最後卻無法自救？」我撫著碑文，一時情緒萬端，竟失了心情，再不管國學院，也不等待月色，直往回走了。

潘家園動心忍性

逛潘家園必得早起，最好在五、六點之前已然早先一步在各路攤販進駐之前好整以暇站立門口等待，如果可能最好能更早一步進到園裡，先看看空蕩蕩的場子和場子四周門窗緊閉的擬古代條型建築的商店街，以及隱身在商店街後尚未開張的一櫃櫃舊書攤，等發現陸續有個體戶進場，得趕緊折回園子入口處，看馬路兩旁奔擁而至的小三輪車，車上滿布貨物，桌椅、書畫、精緻紙盒、銅鐵器物、各項雜貨之類，唯貨物大多高過駕駛身高，堆積如山，五花大綁，卻也顯不出危如累卵的急迫之感。貨物輕者，則單人操騎飛快而過，貨物重者則另有一人在後推送，唯園子入口不大，其後頓時雲集數十部載貨三輪車，竟全無吵雜，靜靜等待，猶如一場默劇，待前車推過門，一時又活絡起來，川擁而入，井然有序，極其有趣，如非早起不得見此景。

待三輪車陸續進場後，可進場子先行遊逛，看各車主人如何陸續打開紙盒、拆卸報紙仔細擺放貨品位置的情形，看夠了，再隨空三輪車朝門口走，到一旁餐廳吃早點，店內品項極少，主食僅有包子、油餅兩類，湯則有雞蛋湯、雲吞、豆腐腦數種，價格極便宜，一至三塊不等，油餅乃餅皮下油鍋炸，鬆脆香軟，台灣所無；豆腐腦，是豆花作鹹；其餘皆與尋常口味無太大差異。餐廳人數不多，想小販們已在家吃飽，此時亦忙於擺攤無暇吃飯，遊客尚未至，難得不用排隊等候，自是可以悠哉悠哉。

吃畢早餐，園子已人聲鼎沸、萬千古物舒展，與先前冷清恰成對比。此潘家園主以四區方正紅頂大鐵棚為中心，其下各有數百區小攤位，販售古玩、字畫、佛教用品、木雕、服飾、民間俗物、出土文物、陶瓷、銅器、紫砂、奇石，品類之多，不勝枚舉。棚外四方各有條狀商店街團團圍住，販售物品大同小異，唯價格略高。特別的是左右兩條商店街後各有臨時擺攤者，露天攤於地上，供人挑揀；另上方一條商店街後為露天舊書攤，可惜早晨下了一點雨，只有幾家掀起整片櫃門，用兩支細竿垂直撐著，變成一長條形簷子，就在簷底下地上擺賣舊書畫。

潘家園極似台灣光華商場，比之規模更大，種類尤多。我遊逛其中，看上一本《顏眞卿法帖》，乃宣紙陰拓本，擺放一落尋常舊書之中，疑商家不知其珍貴，問之，答以六百塊人民幣，只能摩挲再三，悻悻然而退。又於他家見兩套《詩經》、《禮記》，乃康熙年間刊刻，大字宋體精印，老闆即謂書乃於安徽意外搜書所得，一套僅售人民幣五百塊，我雖愛之，但嫌貴，殺價不准，老闆即收回封函，連摩挲的機會亦不得。逛至露天展場，見許多器物光華商場亦有，可見乃工廠整批造僞，贗品充斥，須有大法眼，方能照燭眞跡。我無此功力，只能遊逛其中，見獵心喜，勉強克制不買，繼而一想，亦鍛鍊動心忍性之大工夫也。

走出園子，竟兩手空空，如來時一般，去來皆空，可見雖動心，但能忍性矣。

盛世修典

大陸近來正在重印兩部大典，《四庫全書》和《道藏》。主持《四庫全書》重印之事者為盧仁龍先生。據龔鵬程老師說，大陸官方嚴格管控出版公司，全國出版公司數量有一定限額，甚難再增加，於是窮變則通，產生個體戶出版商靠行的情形，個體戶自己找作者、議定書稿，再拿至登記有案的出版公司談條件，借用它們的名稱出版，這種個體戶出版商在北京就有一萬多人。盧仁龍即屬此類，他自己鳩集資金、尋找人手、打通層層關卡，居然能成功靠行（大陸）商務印書館，繼而成功說服官方重印《四庫全書》，這種浩大工程，沒想到默默做了幾年，已經出版一半以上的《四庫全書》。盧仁龍自己說起這樣事，似乎也十分得意，在賓館借來的會場上不斷地抽著菸，在煙霧繚繞中自信十足，且自認爲自己做了一件對文化非常有意義的事情。

這得確是。大家或許不知道，《四庫全書》並非只有台北故宮那一部，而是有七部。當初首部完成時，乾隆皇帝陸續下令傳抄了其餘六部，第一部就庋藏在紫禁城文淵閣，後來遷至台灣，即今台北故宮所藏本。其餘六部分別庋藏於熱河避暑山莊文津閣、瀋陽故宮文溯閣、圓明園文源閣、鎭江文宗閣、揚州文滙閣、杭州文瀾閣，後四部大多毀於戰亂（僅文瀾本後經搶救保存八千餘冊，又陸續抄補復原，另三部則燒毀殆盡），只有前三部完整保留（原抄本模樣）下來。過去，台灣商務印書館曾影印文淵閣《四庫全書》出版，當時出版三百套，旋即銷售一空（我於師大圖書館、國文系圖書館各見過一套，也經常影印其中一些集子來讀，讀手抄本特別有味）。據盧仁龍說，當時大陸經香港向台灣就訂購了兩百多套，後來大陸還盜印了台灣商務的本子出版文淵閣《四庫全書》。但這回盧仁龍並非重印或盜印文淵閣老本子，而是新印從避暑山莊移放至北京圖書館的文津閣本，他用了最新的數位攝影技術，結合德國先進印刷機，並且找到適合的宣紙，在幾乎不損傷原件的情況下，印出四庫手抄本的樣式，他拿出印製好的成書出來，簡直看不出來是印的，就好像用毛筆剛寫好。盧仁龍預計攝影翻印文津閣《四庫全書》縮排版，有五百冊，目前已出版三百餘冊，再過不久就可以全部出齊，每套定價二十萬人民幣。最特別的是，還可以按需印製，因爲是攝影翻印，所以毋需大量刻印囤積倉庫（造成資金凍滯的危險），可以訂一套印一套，要縮印本印縮印本，要原件抄本印原件抄本，非常靈活。

主持《道藏》編修事宜的是中國道教協會。《道藏》在明英宗正統年間修成，稱爲《正統道藏》，明神宗萬曆年間續修一次，稱作《續修道藏》，其後便無有繼者。道教協會副會長張繼禹先生（他是天師道第六十三代傳人）說，這回所修乃在原二書的基礎上增補，並補足明朝以後至當代的典籍，連考古資料都予以列入，完成後稱爲《中華道藏》，電腦字體排版，循舊體例三洞（洞眞、洞清、洞玄）、四輔（太一、正一、太玄、太清）、十二類（贊頌、圖籙等）編輯，並且依四庫體列每本書前各作提要，目前全套已經完成，只剩索引仍在編纂，不久後即可大功告成。

我在紫禁城隔著正在整修的工程鷹架望著不對外開放的文淵閣，象徵水的黑瓦在到處都是帝王黃瓦的對襯下顯得特別突兀，回想著《四庫全書》多舛的命運；又在中國道教協會所在地北京的白雲觀，看著一本本《中華道藏》，心中油然興起漣漪，中國的盛世又要來臨了嗎？中華文化的盛世又到來了嗎？如果是，古人所說的盛世修典的話，果然就不假。

獨行紫禁城，入毓慶宮不得

我逛故宮，最喜一大清早買票進入，趁人潮尚未集結湧入，便搶先一步從午門入宮，手背身後，緩緩沿中軸線跨金水河，過太和門，抵太和殿，彼時廣場無人、四廂寧靜，唯有烏鴉啊啊劃空，居然好似帝王宮中獨行，彷彿心存操持天下事之大憂。再入乾清宮、交泰殿，抵坤寧宮，竟遍尋不得皇后，難免失望。待從御花園走回至養心殿，人潮已然湧入，聲囂鼎沸，駢肩接踵，短暫之黃帝夢頓時驚醒，擁擠之景，便與蠅營奴僕無異。

晃蕩一整天，等關門時間接近，皇極殿、養性殿、樂壽堂一帶先行關閉，人潮漸散去，趁工作人員整理之際，可先流連乾隆花園，獨遊假山石林、亭閣松柏，享一人獨有之樂；再至暢音閣，觀空蕩三層戲台，享與世獨存之情；出寧壽門，見九龍壁前竟空無一人，可細細品嚐九龍神情姿態。

出錫慶門，左側可見曾庋藏《四庫全書》之文淵閣，唯不可入，可惜。右見之毓慶宮，據溥儀自傳得知乃自小就讀所在，其時有王國維、錢寶琛、陳三立等師，外國教授有莊士敦。我貼著毓慶宮大門縫中窺看，只見裡面階上長出野草，內有一門掛著「祥慶門」匾，其餘皆無法窺得，憾甚。

出宮，看人潮背影，再回頭看宮上黃瓦，日落西牆，餘暉燦爛，竟助長悽涼。

中國現代文學館中及館前

逛中國現代文學館之前必要先了解大陸文學與政府關係，才不至於霧裡看花，總隔一層。文學館爲中國作家協會所轄，乃下屬單位，作協又歸政府所管，屬公家單位，完全不像台灣作協、筆會之類乃民間機構。作協會長目前爲巴金先生，他除了是著名的小說家之外，更擔任過政協代表副主席，建立一座可以收藏、研究、展覽、交流的中國現代文學館一直是他的心願，但這個心願卻並非那麼容易達成，我在館內一樓展廳看見正在展覽的「二十世紀文學大師風采展」（包括魯迅、郭沫若、茅盾、巴金、老舍、曹禺、冰心）中看見巴金先生的手稿，我看了許久，特地抄了下來：

可能有人笑我考慮文學館的事情著了魔，其實在一九七九年中期，我關於文學館的想法才鑽進我的腦子。我本來孤陋寡聞，十年文革浩劫中我給封閉在各種「牛棚」裡幾乎與世隔絕，在那漫長的日子裡，資料成了四舊，人們無情地毀掉它們彷彿打殺過街的老鼠，我也親手燒燬過自己保存多年的書刊信稿，當時我的確把「無知」當作改造的目標。我還記得有一個上午，我在作家協會上海分會的廚房裡勞動，外面的紅衛兵跑進來找「牛鬼」用皮帶抽打，我到處躲藏，給抓住了還要自報罪行，承認「這一生沒有做過一件好事」，傳達室的老朱在掃院子，紅衛兵拉住他問他是什麼人，他驕傲地答道：「我是勞動人民！」我多麼羨慕他。也有過一個時候，我眞的相信只有幾個「樣板戲」才是文藝，其餘全是廢品，我徹底否定了自己，我喪失了是非觀念，我沒有過去，也沒有將來。只是唯唯諾諾不動腦筋地活下去，低著頭，躲著人，最怕聽見人提到我的名字，講起我寫過的小說，在那種時候，那些日子裡，我不會想也不敢想文學和文學資料，更不用說文學館和保存我們的文學資料了，在一九六七、六八年中我的精神狀態就是這樣可憐、可鄙的，這才是眞的著魔啊！

巴金先生後來竟完成了他的願望，可見改革開放後大陸風氣已轉變許多，這座現代文學館果眞得來不易。十幾年前時，現代文學館並非位在現址，而是設立在慈禧從皇宮到頤和園途中萬壽寺旁的歇腳行館，前五年才由官方撥下鉅款新建了佔地廣闊、設備新穎的新館。館中近日所展俱爲作家書房系列，看得人很想溜進去坐坐。

館前有魯迅銅像，爲法國華裔藝術家熊秉明所塑，線條簡潔，極有風味，若注意看可發現背後有魯迅自題墓碣文，云「于浩歌狂熱之際寒，于天上看見深淵，于一切眼中看見無所有，于無所希望中得救……，待我成塵時你將見我的微笑」。這就是魯迅，在巴金所創的中國現代文學館前正橫眉冷對千夫指。

北京藏學研究中心

一般說起西藏，總會聯想起藏傳佛教、想起達賴、想起許多潮湧般來台宣教的仁波切、想起世界屋脊珠穆朗瑪峰、想起布達拉宮、或者想起《西藏慾經》、甚至是自助旅行書《藏地牛皮書》，但大多數人不知道，中共統管西藏政策的最高單位乃位於北京的「中國藏學研究中心」，該機構聚集及培養一批藏學學者，分別從社會、歷史、宗教、當代、藏醫藥研究、藏學出版、圖書、雜誌鉅細靡遺地研究西藏問題以制定西藏政策。但為一般人所不知，中心底下還設了一個現代化的藏醫院。

所謂的藏醫指的是沿習宇妥．元丹貢布《四部醫典》所形成藏醫學理論，一般人常誤以為獨產於藏地的藥材如紅景天、藏紅花、冬蟲夏草就是藏醫，實則不然，藏醫與中醫最大的不同並非在於藥材上，而是在醫學理論，中醫重陰陽表裡五行，藏醫則重相對、時辰等，理論不同，用藥方式自也不同。但藏醫真正可貴之處在於能療治許多慢性病，輕者如關節病、重者如肌肉無力症。又藏醫院附設藥浴，據說效果奇佳，不少達官貴人、外交使臣絡繹不絕於途。

忽然想起前些年修辛勉老師的西藏文，只記得幾句簡單西藏文和西藏歌兒的旋律，其他都忘得幾乎精光了，要不然就能派上用場和藏學研究中心和藏醫院的藏胞們聊上幾句。

遊豫園

上海歷史不長，從豫園被寶貝成那樣便可知其一二。

上海歷史的確不長，一八四二年鴉片戰後，開放五口通商，上海才從小海鎮搖身一變成繁忙通商口岸，吸引英美法等國在滬競相設立租界，繁華燦爛一時。一八五三年上海小刀會響應太平天國行動，佔領上海城十八個月，上海落入戰火之中，此後上海雖偶有昇平，卻始終風波不斷，一九三七年日軍侵佔上海、一九四九年共軍解放上海、一九六五年文革席捲上海，即使歷經百難，上海最終仍穩健地站了起來、昂起首，準備同世界比高。

就在上海不斷升高的同時，低矮的豫園卻益發顯得珍貴，何以如此？一般遊客逛豫園只知園林勝景之美，以爲城市山林，此只知其一，不知其二。實則豫園之珍貴在於豫園園史恰恰就是整個上海史的縮影，豫園原爲明萬曆年間四川布政使潘允端解藩之後所建，命名豫園，乃取愉悅親老父母之意。潘允端之所以建園於此，乃因此地僻靜，最適歸隱娛親，而此即上海尚未發展之鄉村景況。至清朝道光年間，園子已經圮壞，時人沈君梅及同人們醵資修治，疏蕪剔穢，葺舊增新，一時亭榭軒廊煥然可觀，當時廣東潮州府知府黃安濤作客於此，受囑寫序，有云「眺遠則申浦帆檣出樹杪，稚堞間歷歷可數」（碑全文刻於九獅軒旁廊下牆邊），已見發展之機。其後太平天國興起，小刀會首領之一陳阿林即盤據豫園中之點春堂，凡布諭告文之末皆署有「點春堂」三字，可見豫園與太平天國之關係密切。再者，鴉片戰爭爆發，英軍司令部住所即駐設豫園。民國初年，園又毀壞，一群錢業（銀行家）醵資重修，作爲南北總公所，修畢後周頤撰文云：「園之一土一石一草一木，皆有堅固發榮之概，以謂地靈人傑，其殆庶幾」（碑文存於延清樓後牆），豈知人算不如天算，文革一到，豫園亦無能倖免，直到一九六一年才整修後重新開放。

我在豫園裡走走停停，有時落坐亭椅，看樹、聽蟬、迎風，有時撫碑辨字，興嘆連連，有時立站回想豫園的小歷史和上海的大歷史。毓園早已是人去樓空，而屋簷頂上上海的新建築正飛揚跋扈著，我不自覺又繞回入口處的三穗堂，堂上有幅大帖，乃原主潘允恭所寫〈豫園記〉，最後幾句這樣寫著：「卉石之適觀，堂室之便體，船楫之沿泛者，足以道流景而樂餘年矣。第經營數稔，家業爲虛，余雖嗜好如癖，無所於悔，實可爲大人殷鑒者，若余子孫爲永戒前車之轍，無培一土、植一木則善矣。」一個人好物成癖而使家業蕩虛，竟是豫園園主的垂鑑，只是這樣的殷鑒，不知道有誰眞聽進去了。就算聽進去了，也未必能抵擋得住時代的輾迫。

上海火車站及南京東路上所見

大陸大城市的火車站大多人滿爲患，上海也不例外。一出地鐵，馬上就看見火車站外牆邊已是密密麻麻擠挨著人，有的排隊等著購票、有的踮腳眼巴巴覷著出站旅客，有的則是一派天然地枕著行李睡覺，全然不管烈日當空，有的則是手裡拿著票等進車站。一走近火車站人群，不時會有人在身邊低聲喊著「南京、南京」、「杭州、杭州」，應該是賣黃牛票的，要不就有幾個乞錢的老弱婦孺捧著破碗、拖著殘軀低頭向人求施捨，我掏出硬幣放入碗中，有些得了錢仍舊低頭靜默不語，有些則趕緊把錢收入布包，有些則咧嘴露出缺牙連聲喊著：「祝您發大財！祝您發大財！」在人潮中，你會意外發現，有錢買軟臥（有床、冷氣、四人一室）的乘客，非但不用同買硬臥（海軍床、三層大通鋪、無冷氣）、軟座、硬座、無座的人磨蹭挨擠，另有特別購票之處，還有貴賓般寬敞舒適的乘客室，他們拿著票飛快地經過大汗淋漓排隊買票的人、乞錢的老弱婦孺、賣黃牛票的以及躺在地上枕著行李的漢子，通過驗票口，便頭也不回地走進寬敞舒適的候車室，那裡有與外頭高溫截然不同的冰涼的冷氣。

從火車站往北走，過一個紅綠燈就到了上海著名的南京東路徒步區，兩旁商家竄進竄出許多逛街的人潮，我突然被一個面色黧黑、衣衫襤褸的中年男子的舉止所吸引，他右手拿著一面巴掌大的鏡子往垃圾桶的立面小孔伸進去，再低頭看鏡反射出桶裡的情形，只見他彷彿發現什麼，趕緊拿出夾拿在鏡旁的報紙（摺疊成磚塊大），揩擦桶沿的髒污，再伸手取出一只芬達汽水寶特瓶，裡頭還少許黃色汁液，他拿到一旁，先倒了一些出來，沖刷瓶口，隨後便仰頭一飲而盡。然後我才發現，漫長的徒步區內，幾乎每隔二十步就有兩個相連的垃圾桶立著，旁邊都有同樣裝備的男女老少，持鏡帶報紙，肩上揹著大袋。而我已經沒心思逛看兩旁豪華商家，一路上都在偷覷他們，看他們極其認眞地翻尋每個垃圾桶，爲了生活。

我難免感慨，中國那麼大，人口如此之眾，要人人都能吃飽談何容易，只是共產主義當初的理想，難道不正是想要社會公平、人人均富嗎？看看上海，貧富差距之大，已經是拉也拉不回來了。

南京東路走到盡頭，就是外灘了，黃浦江水悠悠，繁華燦爛的浦東新區正富麗堂皇地展現新中國的富裕。

上海賞不盡

上海其實沒什麼好玩，好像逛逛豫園、走走南京東路徒步區、晃晃人民廣場、看看外灘、欣賞欣賞浦東新區、遊遊黃浦江，或者到動物園探探熊貓，差不多也就夠了，差不多應該要出發到鄰近的南京、杭州、蘇州、黃山看看，那些地方隨便一個都比上海歷史來得悠久、比上海過往名氣來得響亮。

但上海的好處本不在歷史文化，而在於繁榮的商業活動，以及因商業活動所產生的繁華樣貌及東西文化交會後的特殊風情。過去的外灘萬國建築群正體現了這種精神，現在也不例外，站在人民廣場，抬頭放眼看去，環繞四周的高樓大廈無不競馳著世界各國頂尖建築師的奇思幻想，一棟棟樓形樣式方圓尖斜不一，各具特色，樓頂處更是爭勝鬥奇，有波浪型、扇面型、尖柱型、船型的，也有蓮花型、中國園亭型的，更有盔帽型、H型、寶劍型、飛碟型的，樓頂之奇令人眼花撩亂、嘆爲觀止。浦東新區風光，大抵亦類此。

但此等樣貌實屬西方爲多，放諸世界各地著名城市，亦無甚特別之處。因此上海之所以特別，之所以除了幾個著名景點之外尚有趣味可堪玩賞，就在於隱身於巷弄間的那些老房子，這些房子其實算不得老，頂多接近百年而已，但卻很有趣味。比方說走在巨鹿路上，時不時就可以看見前有庭院的獨棟洋式別墅，上頭掛有「優秀歷史建築」的牌子，說明是或英或德，某某人或某某公司所有，以及某某建築師於二十世紀初某年所建。要不就會發現一整排英式洋樓並列成群，中有通道可行，一晃進巷中只見家家戶戶都搬椅凳坐在涼蔭下搖扇，二樓窗戶搭出一支竹竿掛曬著衣服，忽然就在紅牆上看見此區曾住過徐志摩、陸小曼、泰戈爾、章太炎等人。要不就在剛右轉巨鹿路來到華山路，就發現蔡元培的故居別墅，再往前東轉西繞又發現一棟毫不起眼的木構排屋，竟是毛澤東舊宅，甚至連不起眼的尋常中學，操場盡頭也是一棟白柱紅瓦洋式別墅。這種奇特組合似乎理所當然，沒有任何突兀之處。

也因此，上海眞堪遊玩，除眼際時時出沒的高樓大廈之外，尋常巷弄一棟棟老舊的洋樓，都可讓人再三流連，看其斑駁，品其風味，時不時還驚訝其來歷之難測，只是曾經風流人物俱往矣，徒替小樓增添滄桑而已。

但也就在鑽進鑽出巷弄之際，才恍然原來上海怎麼走也走不完、怎麼賞看也賞看不盡。

文明上海

走在上海街頭，隨處可見標語，人行道旁經常貼有「請勿吐痰，做可愛的上海人」，地鐵候車區寫有「先下後上，文明乘車」，公園裡一定有「勿踐踏草地，過文明生活」，新一點的公寓門口必張貼「文明小區，美好生活」，百貨公司牆上大型廣告跑馬燈不時滑出「爭創全國文明城區，建設黃浦美好家園，做可愛的上海人」、「爭創全國文明城區，建設繁華繁榮的現代化中心城區」、「團結奮進，爭創一流，努力建設全國文明城區」，從這些彌天漫地的標語就知道上海人有多不可愛又多不文明。

這樣以偏概全說上海人實在不公允，但要讓人經常發現上海人老是把喉裡咕出的一口濃痰毫不猶豫地側臉呸出、路上大小車的司機們把喇叭當作嘉年華的煙火此起彼落地鳴放、原先站好的位子又被後頭一擁而上的插隊者給擠到最後頭、大街小巷數不盡的小攤明目張膽地擺賣盜版DVD……，就不得不認同這樣的偏頗印象很容易深入人心。或許絕大部分的上海人並非如此，但這些時時可見的印象，讓人迅速相信標語確立各處之必要、之迫切、之理所當然。

但上海的不文明、不可愛也未必眞讓人討厭，襄陽市場便是如此，那裡公開販售全世界知名品牌的仿冒品，舉凡服飾、鐘表、皮包、行李箱，不一而足，仿冒程度區分各種等級、價格因之各異，全世界的旅客不分文明與否皆蜂擁而至，精挑細選，滿載而歸，這時候大家也不管上海文不文明、可不可愛了，因為只要上海一可愛了、一文明了，襄陽市場就不見了，而自認為文明、可愛的人還是很想過過虛幻的有錢人行頭的癮怕就永遠消失了。這樣一來，上海竟因它的不文明、不可愛又變得文明、可愛了起來。

讀上海文學雜誌

大陸著名文學雜誌通常由各地作家協會主辦（作家協會本身具有官方色彩），上海也不例外，著名的《收穫》雜誌即由上海市作家協會主辦，早年余秋雨《文化苦旅》的初始文章大多於此發表。《收穫》和台灣文學雜誌最大的不同，在於幾乎不重美編，雜誌除了封面、封底、封面裡、和封底裡圖案，加上每篇文章前商請名家書法題字之外，其餘幾乎都是黑白印刷每頁橫排兩欄、每欄千字的統一規格，沒有其他花俏設計，讓人相信會買結結實實兩百頁分量《收穫》的讀者，應該都是為了讀文章，而不是要看看裡頭的彩頁、廣告、照片或插畫。另外還有一點特別之處，《收穫》似不收錄現代詩，只收錄長篇、中篇、短篇小說和散文。

上海市作家協會還主辦了《上海文學》、《海上文壇》和《萌芽》。《上海文學》和《收穫》差不多，也不重美編，內容主要收錄短篇小說、散文、書評、對談、評論等，但風格上顯然較《收穫》來得輕鬆些。《海上文壇》就較重視美編，有許多圖片和插圖，內容更為輕鬆，主要收錄一些專題（如廣場印象或外國留學生看上海）、報導、譯文、大眾散文、小說。

《萌芽》就比較特殊了，和台灣的《幼獅文藝》差不多，是給高中生看的，插圖多，字體大，裡頭收錄許多大學生、高中生所寫文章，還有幾個新世代的作家如韓寒的作品，文章大體短小（但有一篇長篇連載小說），不收錄現代詩，比較特別的是《萌芽》每年舉辦一次全國性作文大賽，參賽對象分成A、B、C三組，分別為高三高二學生、高一及初中學生、三十歲以下青年人，評審由北大、清華、南京等十餘所名校文學家、編輯和人文學者組成，分一、二、三等獎，A組獲獎者還有可能因此受到這些大學的青睞，但所有得獎者的獎品只有一張紙獎狀。有趣的是，參加徵文者必須購買《萌芽》一冊（四點八元人民幣，約二十元台幣），塡妥裡頭專門規格的一頁報名表，一冊雜誌只有一張，每張限投一篇，不得翻印，簡直就是變相強迫促銷。要讓大陸學生知道台灣有個高中生台積電文學獎，非但不用買什麼雜誌填報名單報名，得獎者獎金最高還可得五十萬台幣高額獎金（約十三萬人民幣），怕不羨慕死他們了。

周庄

很多人到過周庄，幾乎萬口一聲，都說周庄好、周庄漂亮，更甚者說周庄是中國第一水鄉，周庄是人類世界共同的珍貴文化遺產。還沒到周庄之前，看了照片上的小橋流水、舟船人家，覺得周庄應該同大家口耳相傳的差不了多少。

但真到了周庄，可真是大大的失望，這樣的失望並非周庄不好，而是真實的周庄和我原先的美好想像落差太大。我以爲周庄是一個大面積的江南水鄉，一進到這座水鄉猶可見古時樣貌，家家垂柳、戶戶槳船、隨處可見青衣長褲的居民在水邊浣衣捕魚，隨時可見外地船舶穿梭往來。哪知周庄只是一個小小的保存區，活像一個封閉式的遊樂園，北起蜆江橋，南迄報恩橋，東自南北市街，西至西市街，一走出這些範圍非但有人把守出口處提醒你走出去就得重新買票才能進來，更慘的是朝外看撲進眼簾的全是醜陋不堪的現代灰樓建築。所以說，雖然周庄裡頭有明代沈萬三的幽深舊宅、有宋代的澄虛道院、全福寺，也有明代的雙橋，橋下則有絡繹不絕的遊客乘船迎風，但整體的氣氛已經和小小的遊樂園沒有兩樣，這種地方絕不是道地江南水鄉的風味。

江南水鄉風味應該是開放的，而非封閉，是流動的，而非滯澀，是可以和經商致富的周庄居民沈萬三一樣利用白峴江之便，西接京杭大運河，東北走瀏河出海，輸有運無、通番貿易，而不光是在南北市河上搖兩下槳聽幾句船夫船娘唱的蘇州小調而已，應該是可以四通八達到達各地同周庄一般的水鄉，而不是一出全功橋就驚心動魄傳來汽車喇叭聲、摩托車呼嘯而過的煙塵的和突兀矗立兩旁的水泥樓房。

生不逢時，「今宵酒醒何處，楊柳岸、曉風殘月」的江南水鄉風光應該早已經消失殆盡，還能憑空想像一下過往情境，看來也就只有在周庄裡頭了，而或許這才是周庄的眞正佳處吧。

霧鎖黃山

登黃山，無人不知要看奇松、怪石、雲海，但若巧遇暴雨，霧罩乾坤，則雲海無跡，奇松、怪石亦只得見咫尺之間，所見極其有限。遊人身著雨披，立於玉屛樓前看迎客松，聽導遊講述晴天時眼前之景該是如何如何，莫不嗟嘆連連，大嘆此行白來。待走向蓮花峰，下百步雲梯，再登一線天，山險路危俱爲濃霧所隱，人亦不知所懼，臨深淵，履絕壁，猶殷殷向前不知退避，亦人之本性也。至「天海」休憩，已無雲海可觀，但見遊人如織，穿梭霧裡，靜坐吃館前所賣的茶葉蛋、肉粽與香腸。再登光明頂，據聞乃黃山前、後山之分界，天晴時可一覽眾山小，觀群峭破出雲端爭高摩天，可惜至頂端只覺如入五里霧中，百思不得其妙。爬至始信峰，乃前人登黃山始信斯山不負盛美之處，但霧籠群山，僅朦朧間可見孤峭崢嶸之影狀，忽有山風撒蹄而過，霧移雲走，頂上松樹爲之怒吼不已，葉抖珠露，轉瞬即過，恍然乃松濤也。

待下黃山，中途忽出霧中，一時天光氣清，抬首即見奇松、怪石、雲海，景象之壯，目不暇給，旋又被下層迷霧湧至所掩，復入霧海，前刻所見，如夢似幻，偶開天眼，窺得仙景，下山時已然迷茫，竟莫辨眞假。

夜遊西湖

夏日遊西湖，最不宜正午時刻前後，彼時炎日當空，酷熱異常，來往遊人或撐傘、或搖扇，粉汗浹背，暈頭脹腦，擦肩而過者皆顰額蹙眉，遮陽搧涼唯恐不及，料亦無人可愜意肆情遊觀。若趁清晨、傍晚時分，閒步西湖，其時日頭未出，餘暉方射，賞湖、觀荷、看山，湖光染翠，山嵐設色，各自恰到好處，亦是賞玩西湖之好時光，然總比不上夜遊西湖來得有趣。

原來遊人大多白日蜂擁而至，日沒則息，晴空下可見到處都是導遊舉旗在前，亦步亦趨的遊客緊跟其後，迅速登上雷峰塔眺望西湖，再趕至蘇堤乘船，登遊小瀛洲看三潭印月，隨即上船穿過湖心島抵白堤，匆匆結束西湖行程，趕往靈隱寺、虎跑泉或喝龍井茶、買杭州絲綢去了，這樣遊下來，西湖和日月潭、澄清湖便沒有兩樣，只是尋常湖泊罷了。西湖之所以如此出名，固然是由於豐富歷史文化積累，東坡的蘇堤、樂天的白堤、《白蛇傳》裡許仙和白娘子相會的斷橋、鎮鎖住白娘子的雷峰塔、袁宏道的〈晚遊六橋遊待月記〉、張岱的〈湖心亭賞雪〉，都讓西湖充滿各種想像。但西湖之可愛，卻不全然在此，實在於西湖湖面大小適中、湖址一面臨城，三面環山，若湖面過大如太湖、洞庭湖，則浩淼無邊易使人畏懼不得親近，湖面過小如尋常池塘則一覽即盡毫無遺韻可言。三面環山則有山光包覆水色之景，一面臨城則便於遊人親近。故西湖之佳處就在蘇、白兩堤上走賞遊看，然蘇堤所見景致今已遠不及白堤，蘇堤上往湖心看去俱是杭州市高樓大廈及其倒影，眞令人怵目驚心，唯從白堤上斷橋向西行，一片山容水意，花態柳情，最是令人留連，更甭說途中還有平湖秋月景致和盡處孤山裡的皇家園林、文瀾閣和西冷印社舊址了。

然此皆不及西湖夜景之可愛。西湖入夜後，遊客散盡，杭人漸聚於湖畔路一帶，踱步往來，鬧熱異常，其餘湖畔則人跡罕至，湖中亦僅剩小船數艘，亮著燈光靜靜航於湖面。此時最宜登船航向湖心，三面山光漆黑僅剩輪廓，杭洲城亦只剩燈海一片，湖光天色俱成一色，萬頃茫然，如憑虛御風，竟忘一身之所在，忘古今之所由，忘天地之所形，忘東忘西，忘上忘下，待蘧蘧然醒覺，只見月影散布湖面數十個，方知已至三潭印月，人還在西湖之上。

蘇州名園記

古人遊園記述，大多刻劃美景、暢敘幽情，以顯細細品賞之雅懷；今人則不然，熙熙攘攘入，蜂鑽蠅聚，蚊轟鴉噪，走繞一圈便匆匆忙忙奪門而出，彷彿可惜蹧蹋良辰美景，實則無足爲怪。所謂無足怪，並非俗人之不可耐使人見怪不怪，而是古、今人所遊之園已大不相同，當不能相提並論。

江南多名園，其中以蘇州城爲最，舊城中保存至今者，城東有名聞遐邇的拙政園、獅子林、耦園，城南有網師園，城西有怡園、暢園。園之構建布局大同小異，不外庭台樓閣夾以假山荷塘，庭台樓閣以曲折幽深爲佳，假山以瘦透漏皺之太湖石堆疊而成爲好，荷塘以活水流通爲良，差別只在格局大小不同，雕飾豪奢僕素有異，故見一可以反三，遊一園而可知他園大概。蘇州多名園，除本身水鄉易有活水流穿家宅便於造景、達官富賈喜居住風光鬧熱的山林城市之外，天子王公貴冑造訪後雅愛不已紛紛於北京城複製名園才是推波助瀾讓園林名揚天下的主因。

然名園之可貴，絕非今人所遊之空園子而已，試看《紅樓夢》便可知園子裡頭眞正珍貴的應是生活其中的人以及他們的生活，舉凡飲食、服飾、擺設、宴會、節慶、應對、統馭、豪奢、夜燭等等，這些絕非一座或多座的空園子所能提供，也無怪乎遊人匆匆忙忙，因爲大同小異，似曾相識則見多不怪。

名園還在，風韻已蕪，古人受邀作客，今人買票入場，一樣登堂入室，情懷自然大不相同，只是用不著太可惜，今日之豪宅實則等同古之名園，只要豪宅常存，名園自然就生生不息。

江西十日記

廬山國學營

近些年來，各式營隊活動方興日盛猶如雨後春筍，文學營是一個接一個辦，規模是一回比一回大；佛學營也是這裡禪七那裡靜修，在山林梵刹間競相輪番上場，更不用說年年寒暑假一大批出國習讀外語各類琳瑯滿目的遊學團。回過頭來看，這個時代還談國學、還想辦國學營，難免有點兒與時扞格、故作高調的意味，即便眞有人談，也未必眞精通國學，談下來沒準兒還弄個名實不符的下場；即便眞有人辦國學營，辦下來也未必能受歡迎（說不準還乏人問津）。可說也奇怪，就有人死心眼，結結實實眞辦了國學營，更怪的是還實實在在招滿了學員。這人不是別人，便是龔鵬程先生，他談國學恐怕不會有人會指責說他還不夠格，召來的一批學員，有台灣各大學教師、高中國中國小老師、博士生、研究生、大學生、還有高中生，再加上大陸幾名大學生，素質之高，組合之怪，也是前所未聞。

營隊先至澳門參訪，與澳門青年會諸多青年座談，發現任教澳門大學某一北京教授對台灣之偏見、誤解，幾近愚昧無知又冥頑不靈簡直到了令人匪夷所思的地步，大抵都是受了媒體偏頗報導影響，然不經會談，亦無由得知外人對台灣的既定印象，自然無從爲台灣說點眞實狀況的話來啓蒙這些人的愚昧心智。復由澳門經深圳飛南昌，登臨王勃筆下的滕王閣、仰看始建於唐朝的繩金塔、遊賞道觀青雲譜和八大山人紀念館、參覽西山道教萬壽宮，復與江西師大諸師長會談，再驅車前往西北方的廬山腳下白鹿洞書院聽講，講者有白鹿洞書院長高峰先生，主講「白鹿洞書院的歷史、現況及文化意義」、王邦雄教授講「儒學的精神血脈」、台大周志文教授講「朱子與白鹿洞」、北大張頤武教授講「對大陸國學熱的分析」、江西師大胡青教授講「中國書院教育的傳統」、廬山圖書館研究員羅時敘先生講「廬山文化」、龔老師講「國學與新國學」，這些人全是龔先生的朋友，幾乎全都賣他的面子不計成本排除一切瑣務特地前來，這些老師們講得興味淋漓，學員們大多也聽得津津有味。兩天一夜白鹿洞書院研習後，再上廬山，看古蹟、賞美景，入東林寺與住持對談，遠觀東坡所題詩的西林寺。再驅車越過橫跨鄱陽湖與長江相會處的一座大橋，至景德鎮，看古窯遺址、瓷器博物館，再往東南方走，至上饒，探稼軒墓，祭蔣士銓塋、訪鵝湖書院，完完整整繞了鄱陽湖一周，回到南昌，結束十天九夜的國學營行程。

所謂萬書卷讀破，萬里路行過，在今日好像也不再是啥難事，但要眞確地發思古之幽情、通古今之變，總還有一段距離。龔老師即認爲國學營既要行路、也要講學、更要具備文化現場感、還要有樂趣、甚至還得有共鳴感懷，才特地安排了這樣行程，在他的思考裡，認爲世道既輕忽國學，他就「偏要講中國文化，偏要辦國學營，偏要去白鹿洞！」某生問他說：「可以學時下流行的名家帶團解說，以後就不愁吃穿了。」龔老師卻笑著說：「參加的那些人，不就是些銀行家、貴婦，要不就是附庸風雅之士，講這些給他們聽，他們也未必眞想聽，想聽也未必眞聽得懂，還不是爲了賺他幾兩銀子，這事我是絕不會幹，我辦這活動完全是替台灣文化盡點力，給年輕學子一點文化刺激，要不你想想，大家忙得要死，王邦雄老師寧願推掉北京參訪行程、周志文老師剛從北京講學完回到台灣，又馬上被拉出來，陪諸位公子小姐遊山玩水兼導覽解說，還要交兩萬五千元旅費，我們做這些事得到什麼好處？還不是爲了一點使命感嘛！」

後來我才知道龔老師結束營隊後，還要飛北京，休息幾天還要再到拉薩演講，七天後還得再到貴州開會，他好似永遠有用不完的精力、使不盡的活力，東奔西跑，南北奔波，心裡卻始終懷抱著文化使命感，廬山國學營很有可能只是他生命中萬千火種的一燭小火苗，但誰也料不準，說不定日後就一處處燎成熊熊火光，照亮許多不可預料的黯淡角落。

白鹿洞書院聽講記

中國四大書院，白鹿洞（江西廬山）、嵩陽（河南登封）、岳麓（湖南長沙）、睢陽（河南商丘）書院，大多依附名山而建，又各有著名學者主持講學而著稱，書院教育本有別於國家制式教育，崇尚自由講學學風，久而久之便爲當權者所不容，明朝張居正、魏忠賢皆曾禁毀天下書院，清代則透過收編書院納入國家教育體制以收攏士心消除異說，此風一行，書院風貌原本精神自有所不同了。

四大書院中，又以朱熹曾重建、住講過的白鹿洞書院尤爲著名。白鹿洞書院位於名勝廬山五老峰東南山麓，據陳舜俞《廬山志》載唐貞元年間（785-805）洛陽人李渤曾在此隱居耕讀，豢養一隻溫馴白鹿，靈敏能聽驅使，山民目為神鹿，彼時稱山凹為洞，故有白鹿洞之稱。南唐李氏（李後主煜即南唐最後一名國君）期間於昇元四年（940）在此建立廬山國學（亦稱白鹿國學、匡山國子監），乃國都金陵國子監平行的學校機構。北宋初年，才在荒廢的廬山國學舊址上建起了書院，到了南宋，淳熙六年（1179）朱熹知南康軍（今九江、星子、廬山一帶），派官員修復，自任洞主，訂立〈白鹿洞書院揭示〉學規，苦心經營，白鹿洞書院名聲遂潮湧鵲起，天下聞名。

今日所能見白鹿洞書院，乃臨溪而建，古木林立，風清蔭涼，穿過明代文學家李夢陽高書大楷「白鹿洞書院」山門，眼前一條石徑，右下方一條小溪潺潺流過，左邊便是白牆，不一會兒朝溪流敞開的第一道院落大門即是先賢書院（朱子紀念館），足踏凸石徑再往前緊挨鄰立即一座明代黃石欞星門，門後即孔廟，孔廟邊即白鹿洞書院，內有明倫堂，即朱熹講學之處，白鹿洞書院邊為紫陽書院，內有一現代講堂，再旁邊乃延賓館，延賓館前有一棟二層樓白色洋樓，乃蔣公於抗日時宣布抗戰之處。五處院落俱背山臨溪，奇木繚繞，蟬聲嘶鳴，前不著村，後不著店，彷如遺世獨立，眞乃養性修身之良地。

我隨著王邦雄、龔鵬程、周志文老師等一行人到白鹿洞書院，乃因龔老師辦了廬山國學研習營，邀請兩岸著名學者在白鹿洞開講，讓報名參加的台灣各大學中文系學生與會聆聽。第一天，王邦雄老師上台開講，主講「儒學的精神血脈」，從究天人之際談天生德於予的人性之本然善，通古今之變談上承三代下開百世的責任與氣魄，成一家之言談西潮東漸的中國定位，再從志道據德依仁游藝談人之路、行、心、術，再接著談人性就在人心的不安處顯現，人心之善有呈現義、自覺義和主宰義，再總說仁義禮智乃價值的根源、判斷、通路和權衡，最後總結人之所以爲人的關鍵乃人性本善，既非原罪亦非苦業。整體而言，內容平淺簡易，卻能直指本心，明白直接，加上王師語調截潔鏗鏘、不疾不徐，屢屢趨身向前，振動右臂，力道通透如有助力，說到興盡處，彷若無人，似不單與眼前五六十人講經，而是與白鹿洞先前諸賢諸生說講，甚至是與廬山木精獸靈說講了。

這便讓我想起了陸九淵在白鹿洞講學的情狀了。

陸九淵（1139-1193），號象山，是南宋儒學心學大師，他的治學方法和朱熹主張不同，朱熹強調「涵養須用敬」、「格物窮理」，認爲必先對古聖賢書泛觀博覽而後逐漸提升自我道德境界；象山卻主張「本心即理」，強調應先發明本心，本心呈現，理亦自現。簡言之，全在尊德行或道問學的先後次序不同，但成爲君子聖賢的志向卻無不同。兩大儒者在南宋淳熙二年（1175）透過史學家呂祖謙的安排，共赴江西鉛山鵝湖寺論道，雙方思考進路不同，針對十餘個問題進行論辯，自然是誰也說服不了誰，倒是陸九淵席上寫了一首詩：

墟墓興衰宗廟欽，斯人千古不磨心，
涓流積至滄溟水，拳石崇成泰華岑，
易簡功夫終久大，支離事業竟浮沉，
欲知自下升高處，眞僞先須辨只今。

詩中說明了自己的立場是千古不變的本善之心，識得本善之心自能涵養擴充，如涓流成海、拳石壘山，功夫簡易卻可長可久可大，倒是朱熹博覽群書反成了支離破碎的功夫，爲學須辨識眞僞學問的開端之處。朱熹自然對這首詩不甚感到滿意，但並未做和詩回應，三年後當年與會的陸九淵五兄陸九齡再次拜訪朱熹，朱熹認爲陸九齡在這次談話中承認爲學之必要，終於寫了一首和詩，詩云：

德義風流宿所欽，別離三載更關心，
偶扶藜杖出寒谷，又枉藍輿度遠岑，
舊學商量加邃密，新知培養轉深沉，
只愁說到無言處，不信人間有古今。

腹聯極有名，所謂「新知」「舊學」云云完全表現出朱熹的道問學爲先的爲學方法，一樣可以從學問中通透古今。

鵝湖之會後，朱熹雖無法認同象山之說，但仍在淳熙八年（1181），趁著象山請朱熹爲剛去世的兄長陸九齡寫祭文而專訪南康，邀請象山至白鹿洞書院講學，象山登壇開講即以《論語》「君子喻於義，小人喻於利」一章，從切己觀省，講到辨志，「至乎義，則所習者必在於義，所習在義，斯喻於義矣」，再談到「專志乎義而日勉焉，博學審問慎思明辨而篤行之」，最後說「由是而於場屋，必皆共其職，勤其事，心乎國，心乎民，而不爲身計，其不得爲之君子乎？」象山這回演講十分成功，聆者感動至有流涕者，朱熹深受感動，天氣微冷卻有熱汗出，頻頻揮扇。象山講後，朱熹不吝當面讚美說好，並請象山寫下講義，刻成石碑，讓書院諸生時時誦讀。

如今象山講義石碑還留在書院中孔廟廂廊牆上，朱熹也有白陸洞書院講義留在紫陽書院牆上，此刻重新讀來還是親切平易、滋滋有味，但總覺得少了一點精神，那點精神很有可能就是像王邦雄老師的生氣和語調，以及這個人背後所肩負的聖賢責任氣魄和潔身自好的君子修養，活生生地展布眼前，或許這才是白鹿洞書院講學的命脈所在。

也因此，我彷彿看見了講壇上慷慨激昂的王邦雄老師背後彷彿還有朱熹、陸九淵，更甚者還有孔老夫子，全都在王老師的手勢、堅定語調和雖千萬人吾往矣的氣魄中，一脈相承，一氣相貫，霎時全都在白鹿洞書院裡講壇上重新活了過來。

廬山遊記略

離開蔣介石和宋美齡的故居美廬，離開毛澤東舊居和鬥垮彭德懷的廬山會議舊址，彷彿就離開了民國歷史的風雨紛擾，沿著如琴湖畔，望著左側隱伏林樹間一棟棟紅瓦白牆洋樓，冷涼空氣嬉鬧於四周，待回過頭來，斷岸千尺孤懸一處平石，便在湖畔後下方不遠處驚心動魄呈現，走進山腰石階，蜿蜒起落向前，過天橋景點，大山深谷全在眼前豁然開朗，濃密樹林擠挨站滿峭絕坡地，少處裸露節理清晰的石塊層層疊疊猶如巨大積木般，被精心安排在恰到好處的驚險位置上，站在險峰上，雲霧忽從深絕的山腳下漫擁而上，一路遮樹掩石，竟爾連方才歷歷可見的峭壁上之紅色石刻大字錦繡谷登時一無所見，抵仙人洞，見呂洞賓、老聃神像，方悟此眞乃騰雲成仙之處也。

往黃龍潭走，潭小泉短，無甚可觀。循石階往上爬，氣喘如牛，道旁卻有古木佳幹可觀，空氣極鮮美，待至三寶樹，見六百年柳杉兩株，挺拔勁直參天，一千六百年銀杏一株，小葉燦燦猶嬌嬌可愛，若常保赤子之心，處群木之中，雖巨大卻毫不突兀。過黃龍寺，再看一眼盧林湖，便下山作別廬山矣。

想古人如太白、樂天、東坡遊匡廬，不知如何興味，雖有短詩，然情長豈可盡訴？忽回想途中小學弟耀裕領著一名高一小男生亦步亦趨隨著年近古稀之年的王邦雄老師走，一路恭謹向老師詢問生命之學，好不容易登上三寶樹，落坐短牆，我問一旁的老師累嗎？老師云：「有一點，原先都好，學生邊走邊問問題，一口氣就容易岔了！」我對老師說：「待會兒我跟學弟說少問一些。」王師和藹地說：「下山問，不要緊了！」於廬山途中問道，想是較近白鹿洞朱熹風格，詩人如東坡者恐怕是眼睛一刻都不得閒，無怪乎會說出「橫看成嶺側成峰，遠近高低各不同，不識廬山眞面目，只緣身在此山中」，正看不夠，還要橫看側看、還要認識、還要緣感，端的是這瞧瞧那瞧瞧飽覽貪看之不足，又補以感之受之、領會之、想像之了啊。

秀峰山遇雨

廬山南面有秀峰山，山下有開先寺，入口山門掛有米芾所書「第一山」橫額，寺中有千年羅漢松兩株立於中庭，早晨雨過，洗滌出好一派精神，寺後有黃庭堅所書舊石碑及顏眞卿大唐中興頌復刻碑，顏碑因是新刻，刻工不明所以，把直書由右而左行序刻成由左至右，眞貽笑大方也。

沿石徑而上，乘索道纜車，不知何故，遊人甚少，兩人座纜車四面無窗洞敞開放，好景一覽無遺，纜車吊往上昇，樹梢俱在腳下，猶如凌波微步於樹端之上，翻過一座山頭，一道瀑布從右上方峭壁頂上飛瀉直下，涓絲般大小打散在半山腰，折疊再跳躍而下，曲折成三四彎瀑布，下探樹海裡的小溪谷中。左方山腳下黃一片綠一片的稻作梯田，夾著紅磚灰瓦住屋，一幅桃源寧靜模樣。纜車又翻過一座山頭，腳下忽一片虛無，深谷遠遠騰空了纜車，忽見右前方一道瀑布毫無阻隔直瀉而下，四處青山只此一片絕立峭壁格外襯托著瀑布姿勢高亢、絕決、健壯，瀑勢雖小，縱躍之深卻實實驚人，原來此即大名鼎鼎之廬山瀑布也，李白早有詩云：「日照香爐生紫煙，遙看瀑布掛前川，飛流直下三千尺，疑是銀河落九天。」譬喻想像之佳，簡直就把廬山瀑布千百年的精神奕奕都寫活實了。

纜車抵終點，步行至一塔前看廬山瀑布全景，再循階而上，看黃龍寺、神仙洞、瀑布源頭，總及不上纜車上之清涼悠哉也。仍乘纜車下，大山深谷、樹海瀑布仍在纜車兩旁豁然展開，忽山嵐拂來，將香爐山、雙劍峰掩藏，雲霧飄緲如畫，纜車再度行至中點，高高臨空樹梢，忽風止嵐住，大雨滂沱，直直落下，線雨連綿如彈、如絲、如簾，從纜車內稍探出頭俯瞰，竟見齊齊整整雨陣一一打散松樹林中、針葉梢上，頃刻間彷彿天神即在頂上不遠處，驅雲兵、遣雨將，好生興雲布雨，然我在纜車之中，竟發現了上天、下地潤澤與舒展的秘密，恰恰人在天地之正中間也。

纜車再往下降，已入樹腰間，不復高高在上，淅淅瀝瀝打在纜車頂上的雨聲和樹間飛濺的雨珠，凌亂濛濛，仰觀雨勢，不復清爽明白，想既已重回人間終究只能仰面受雨，抑或開傘躲雨了。

尋稼軒墓

在景德鎮看完湖田古窯址、博物館，心裡卻一點兒感覺俱無，想是對瓷器一物共鳴甚少，故爾聽杜潔祥老師在館前旁徵博引談論中國瓷器發展史，談如何從瓷色、窯溫、瓷原料賞看歷代瓷品，談素瓷如何一路演進出青花、胭脂紅、正黑等豐富釉色變化，內心竟毫無漣漪，連進到博物館對著琳瑯滿目的瓷品照樣興趣缺缺，低頭一想，許是自己自幼於農家長大，碗盆匙杓俱是粗拙樸素，與精雕細制的景德鎮瓷趣味大不相同，興致不高也是自然。

自景德鎮驅車往江西東北部走，夜宿上饒。隔天一早，驅車往鉛山，大巴士轉入鄉間小徑，車子在石路上顛簸晃蕩，不斷與摩托車改裝成的青色三輪機動公交車擦身而過，車後棚內兩側紅色小長椅凳上坐了五六個約莫偏遠山區要往幹道鄉鎮上買東西的婦人，人人手裡都提著老式青紅白相間的橫條塑膠袋，前方忽有一輛滿載鼓鼓褐黃布袋穀稻貨車停在路旁，大巴士費了好一番功夫才勉強從田溝上軟草地交會而過。車窗上開始出現雨點，繼而點點絲絲出現玻璃，後來乾脆不顧一切地放肆地撒起野潑下驟雨，我心裡滴咕著：「下這麼大雨，待會兒如何祭墓啊？」

我們此回前來，是龔老師特別安排尋訪拜祭辛棄疾（號稼軒）的墓，以表景仰大文學家之意。原來稼軒三次隱退有兩回就是在上饒帶湖一帶，死後便葬在鉛山縣鄉間山巒之中。在車中忽然想起大學時代進師大南廬吟社，學吟唱宋詞，學最多的就是稼軒的詞作，舉凡各式風格俱有，慷慨而略帶感傷如〈破陣子〉（醉裡挑燈看劍，夢回吹角連營），悠閒如〈西江月〉（明月別枝驚鵲，清風半夜鳴蟬），豁達如〈西江月〉（醉裡且貪歡笑，要愁那得功夫），惜春如〈摸魚兒〉（更能消、幾番風雨，匆匆春又歸去）。記得有回全社社員外出踏青，中途休息，十幾個男女社員閒來無事便在溪谷間對唱起《詩經．關雎》一章，唱罷，大家仍意猶未盡，有人簇擁著一大三學長唱，只見他也不推辭，逕自站直身子，忽地衝口而出：「千——古——江山，英雄無覓，孫仲謀處，舞榭歌臺，風流總被雨打風吹去……」我一時如遭電擊，動彈不得，隱隱然感受到無窮盡的雄渾、滄桑與悲涼，俱在學長聲音演繹中雲湧騷動，蘊蓄爆發，一聲悲涼深似一聲，一陣豪邁強似一陣，直到最後一句「憑誰問、廉頗老矣，尚能飯否？」大家全靜默無語，山谷中只剩風葉窸窸窣窣若為之嘆息良久。

我在車內盤算著，若能在稼軒墓上朗唱一闋稼軒曲子，豈不快哉！遂在心裡盤算著，思來想去，唯有〈破陣子〉（醉裡挑燈看劍）一闋最能簡短意賅地表達稼軒一生心情寫照，遂不斷湧起「沙場秋點兵，馬作的盧飛快，弓如霹靂弦驚，了卻君王天下事，贏得生前身後名，可憐白髮生」熟悉的旋律，暗自決定待會兒在墳上要好生朗唱此詞。

不料，越往前行，鄉間石路愈發窄小，大巴司機瞥見一農家前空地可掉轉頭，唯恐再往前行無處可回車，便止住車，下車步行向前探路，猶豫該不該再往前開，龔老師和領路者上饒師院院長商談一陣，若步行前往還需一小時，但雨路泥濘，幾乎寸步難行，決定就此打住，認爲雖功虧一簣，然誠意已至。大夥兒下了車，讓車體減重以防車輪陷入泥地，一群人擠在土屋農家簷下避雨，農家主人殷勤招呼，又是擺放竹欖木椅，又是添上清茶，情意殷殷。不一會兒，天公忽放晴，日光豔照，泥路上蒸騰出一股股瀝漚熱氣，逼著身子冒湧熱汗。司機折騰了好一陣子才順利掉轉車頭，大夥兒便在聞訊前來圍觀的村民好奇眼光中上了車，離開不知名的小山村，漸行漸遠稼軒墓了。

車子仍在鄉路間顛躓跳盪，領路小車忽停住，詢問路人某處該如何走，我原以爲是要改走另一條路至稼軒墓前，當下喜不可遏。大巴又在一小村落前入口處停住，大夥兒再度下車，步行穿過村中小巷，踩上竹叢邊坡，再沿一條筆直石階爬過一座小山坡，登時出現一池湖沼，湖水暗紅鮮豔，湖中有一小島，中有一座高長拱橋相連，過了橋來到一座墓前，只見一座環抱墓門，中有一墓塚，其後方見墓碑，我心裡還一頭熱準備高唱〈破陣子〉，這可是我們南廬吟社前所未有之經驗，忽聽得龔老師：「蔣士詮，和袁枚、趙翼並稱乾隆三大家」云云，其他我就聽不真切，好像被潑了一桶冰水，看了幾眼便想往回走，又聽見龔老師說：「此處山頭是銅礦場，湖水變成銅礦污水處理池，呈現暗紅色，要掉進去，就成了少林寺十八銅人。」大夥兒聽了開心，只有我還留在憾恨當中，笑不太出來。

回到車子後，轉念一想，蔣士銓不就是《古文觀止》所收錄〈鳴機夜課圖記〉的作者嗎？那篇將母親克勤克儉、相夫教子的細節刻劃地平易動人的文章還曾在高中時代留下深深的記憶，原來祖籍鉛山的蔣士銓最後是落土歸根長眠故鄉，且和稼軒墓隔著幾重山巒遙遙相對，真叫人意外。

雖然最後還是沒機會在稼軒墓上朗聲高唱，但想想自己對辛稼軒的認識、感情，甚至敬仰，自然不會因此番阻隔而稍有減損，反而也許因著這樣的遺憾，心中會益發響亮著過往所學過的稼軒詞作，益發學著他處事如是、隱退如是的豪邁豁達之情，學著他讓胸中的一點點浩然氣，一回又一回地狂歌山巒間。

佩特拉騎驢記

我小時候聽父親說《三國演義》，講到名聞遐邇的三十七回〈司馬徽再薦名士，劉玄德三顧草廬〉，正是劉備、關羽、張飛第一回策馬前往臥龍崗尋找諸葛亮之際，三人先是聽見田間農夫傳唱孔明所作詩：「蒼天如圓蓋，陸地似棋局。世人黑白分，往來爭榮辱。榮者自安安，辱者定碌碌。南陽有隱居，高眠臥不足。」我之所以對這段印象深刻，除了三顧茅廬的故事早已耳熟能詳之外，還因為父親居然用黎川話給他吟誦那麼一下子，立刻讓詩句充滿雋永韻味，到現在耳畔還彷彿徘徊當年的旋律。後來父親又如法炮製吟了另一首，那是劉、關、張來到臥龍住處，正巧碰上孔明外出雲遊，歸期無定，初訪不遇，三人只好作罷返回，第二回又碰了個軟釘子，又準備勒馬回頭時，忽聞：「一夜北風寒，萬里彤雲厚。長空雪亂飄，改盡江山舊。仰面觀太虛，疑是玉龍鬥。紛紛鱗甲飛，頃刻遍宇宙。騎驢過小橋，獨嘆梅花瘦。」那是諸葛亮的岳父從小橋之西，一人煖帽遮頭，狐裘蔽體，騎著一驢後隨一青衣小童，攜一葫蘆酒，踏雪而來，轉過小橋，口中所吟的正是孔明所寫的〈梁父吟〉，父親吟罷，忽然岔出一段話：「這驢子台灣少有，咱們江西老家到處都是，劉、關、張三人騎馬趕的是時間，騎驢正好恰恰相反，時間多得是，那才是隱者本色。」接著父親便往下講去，而我卻一直留在驢子身上。

我們這年紀的人對驢子印象可不陌生，小時經常朗朗上口的兒歌：「我有一隻小毛驢，我從來也不騎，有一天我心血來潮，騎著去趕集。我手裡拿著小皮鞭，我心裡正得意，不知怎的，嘩啦嘩啦我摔了一身泥。」除了大聲朗唱之外，還得創作俱佳故意裝模作樣從驢背上滾落，以顯現得意忘形的窘態。另一首更爲輕快悅耳的〈踏雪尋梅〉：「雪霽天晴朗，臘梅處處香，騎驢灞橋過，鈴兒響叮噹，響叮噹，響叮噹，響叮噹，響叮噹，好花採得瓶共養，伴我書聲琴韻，共度好時光。」騎驢響鈴的浪漫情懷經常隨著歌聲綿邈而無窮無盡。長大一點後會知道唐宋詩人大多愛騎驢，李賀騎驢覓詩是眾所熟知的典故，杜甫有詩云：「騎驢三十載，旅食京華春」，蘇軾也有詩云：「往日崎嶇還記否，路長人困蹇驢嘶」，陸游亦有詩云：「此身合是詩人未？細雨騎驢入劍門」，這些詩句都出自名篇，很難從記憶中抹去，更不用提唐代名傳奇虬髯客跨騎的也是一頭驢子。雖說對驢子這般熟悉，但除了在電視和動物園（有些動物園還不收驢子，因爲太稀鬆平常？）之外，我倒是從未見過驢子，更別說騎驢作詩、賞佳景或得意忘形地滾落驢鞍了。

人生事大多難以逆料，當我和妻搭車穿越約旦南方綿亙百里的漫漫沙漠，抵達佩特拉入口，走進群山聳立隱約露出的一條曲折山峽小徑，約莫半小時後，驚見門縫般的盡頭迎面矗立一座宮殿，陽光打亮自山壁鑿開的粉紅色龐大建築，閃爍著奇異光芒，從陰黑的峽道這頭仰視而去，竟有說不出的驚奇感動——這裡便是史蒂芬史匹柏拍印地安瓊斯第三集《聖戰奇兵》埋藏聖盃的地方，聖杯之事當然純屬子虛烏有，不過卻大大打響了佩特拉的世界知名度，蜂擁而至的旅人全都走出峽口或坐或站擠在宮殿前的廣場抬頭仰視，內心之激動全在各自靜默中顯露無疑。待我飽看滿意了，才發現宮殿前左方趴有兩頭駱駝，一旁的主人殷勤招攬騎客，卻始終乏人問津。我和妻早有默契，無論哪回旅途，寧可用雙腳走，也絕不輕易坐一切花錢省腳力的器具，如坐轎、坐滑竿、騎馬、騎駱駝之類的，只是當我的視線從駱駝身上離開，轉向右邊時，想繼續往右前方的深處移動，赫然發現幾十隻驢子躲在山壁陰影裡休息，牠們的小主人正對著遊客不斷高喊「donkey! donkey!」（驢子！騎驢子！）我就馬上忘了先前和妻的約定，也馬上忘了熟記於心的佩特拉是西元前六世紀阿拉伯遊牧民族納巴泰人建立的首都，靠收取途經貨物的稅和過路費獲利而繁榮（經波斯灣輸入的印度香料、埃及的黃金以及中國的絲綢都要途經此地，運往大馬士革等地市場），納巴泰人會在巖石中開鑿墓地，並將已故的國王陵墓視爲神廟。西元一世紀，羅馬帝國佔領了佩特拉，其後幾個世紀又輾轉成了拜占庭帝國和鄂圖曼土耳其帝國領土，繁榮一時的佩特拉卻在十二世紀後，被眾人遺棄、遺忘，只剩少數遊牧民族貝都因人盤據於此，把墓地當做遮風避雨的場所，一直要到一八一二年瑞士地理學家兼探險家貝克哈特重新發現並揭露於世，佩特拉才得以重現江湖。我只記得趕忙回過頭看看妻：「我想要騎 donkey！」妻也斬釘截鐵說：「不行！」我忍不住內心的激動，再說了一次：「我要騎 donkey！」

那就好像在你記憶深處隱藏身影許久的老友突然蹦現眼前，並且不只一個，而是幾百個。穿越峽口後的佩特拉別有洞天，原本狹窄的通道忽然豁然開朗，伸出約兩公里寬的大峽谷，兩側懸崖仍是絕壁環抱，壁上雕鑿有許多建築物，有些簡陋，看上去就像洞穴，另一些則巨大而精緻，有台梯、塑像、多層柱式前廊和堂皇的入口，這些雕築在粉紅色巖壁上的建築群都是已經消失的納巴泰民族的墓地和寺廟。但我其實早已無心觀看這些約旦人自稱爲世界七大奇蹟之一的殊勝景貌，只是一路不斷盯著從身旁經過的驢子，一個個長耳朵、無辜眼神、身瘦腳短，牠們都是我的老朋友，與我錯過、重逢、再錯過、再重縫，彷彿在呼喚我，而我只能像小孩子哀求媽媽買玩具一般喃喃求著妻：「我想要騎 donkey！我想要騎 donkey！」一遍又一遍。

妻終於受不了我的死纏爛打，點頭應允，派我前去交涉前還不忘告誡：「不要露出一臉想騎的表情，這樣沒討價空間。」我一走進驢子堆中，馬上忘了告誡，劈頭就問：「我要騎驢子，多少錢？」還好主人也不坑錢，講定美金五塊從峽口走到佩特拉最縱深的山上修道院，人的腳程需一個半小時，驢子只要半小時。我招手叫妻趕緊上驢，我再趕緊踩上驢蹬，揚腿跨坐，穩穩地落坐驢鞍，深深呼了一口氣，——一時間彷彿自己就成了那個得意忘形的頑皮小孩、成了古詩人、甚至成了虬髯客——驚覺此刻人生之幸福圓滿，恐怕再也無出其右了。

妻跨騎的那頭是白色，我的是灰色，坐穩後，主人用枯枝拍了拍驢臀，驢子便邁腳向前，一步步緩慢地晃過整個佩特拉的空曠腹地，我完全忘了注意左邊出現的羅馬時代劇場，也忘了欣賞兩旁的列柱大道，更完全忘了右後方有精采壯觀的山壁宮殿群，我只是努力用英文和主人溝通：「驢子喜歡人摸牠哪裡？」主人露出滿口蛀牙回答說：「哪裡都喜歡！」我便放開緊握鞍頭的右手，屈身向前撫摸著驢頭，驢頭的毛短而柔滑，上下來回撫弄，連手都覺得舒服，前傾久了腰有些累，再坐挺身子撥弄驢頭上的鬃毛，鬃毛尖挺而筆直，摸起來像撥弄一把倒立的大拖把，我愛撫不已，就只差沒彎下腰用雙手把驢脖子緊緊抱住。一旁忽然快跑過一匹駿馬，隨後又出現幾頭駱駝高高在上地超前走過，不過沒關係，到了山腳下，快馬也好，駱駝也好，全無用武之地，群聚在樹下納涼，放下旅客自行登山，只有我們可愛的驢子，一驢當前，喀登喀登地踩上石階，朝山上的修道院一步步向上爬。

上山，才是驢子大展身手的時候。只見驢子不疾不徐地抬步上登，頗有陸游「細雨騎驢入劍門」穿越長江三峽的風味，只是我這頭灰色愛驢途中只要撞見驢糞，一定停下來低頭湊近嗅嗅聞聞，樂此不疲，惹得牠主人老大不爽，用枯樹枝狠狠戳了一口臀肉，驢頭立時昂首高舉搖頭晃腦痛苦地嘶吼幾聲，我實在捨不得，叫主人別打他了。愛驢恢復正常後，三蹬五舉，沿石徑、穿小橋、履危谷，好不容易抵達山頂修道院。我和妻看了同入口一般壯觀的修道院，坐在門口隨地野餐後，妻想待久一點，而且想自己走下山，我愛驢心切，鼓動三寸不爛之舌，說服了妻早早離開，又勉強答應仍舊騎驢下山。下山騎驢，景況絕不似上山輕鬆，驢身不斷前傾下探，好像隨時都要摔下山去，隨時都有粉身碎骨的危險，好些個遊客受不了這種刺激，急忙喊停下驢，寧可用走的，我愛驢成癡，趕緊安慰妻不要緊張，先跟驢子一起前傾擺動，後來覺得實在太恐怖了，便往後仰坐試試，一試效果不錯，趕緊叫妻跟進，兩個便像鬥牛士一般直起身子，居然和愛驢的起伏節奏搭配得完美無缺，也就順利騎下山來。

來到平地，妻和我躲進竹棚下喝冰涼可樂，望著來來往往的遊客、駱駝、馬，當然還有驢子，妻看出我的心意，擺明著說：「不能再騎了！」我只能喃喃自語：「好想再騎一次喔！」實驗證明大多數人耳根軟，妻後來又勉強答應再騎一趟，登上竹棚後方的神廟群，然後騎回峽口處，再折原路走峽谷回到入口處，抱著與驢訣別的心情登上神廟，俯瞰了佩特拉全景，騎下階梯，往峽口接近，準備道別。不料往峽口途中時，主人偷偷告訴我，眼前右邊這條人跡罕至的登山小徑，可以直通出口，我喜出望外，一來可以和驢多相處久一些，二來峽谷禁行牲畜，要走上半個多小時，很是無趣，三來如果騎驢翻山越嶺通過步行要三十分鐘的距離，一定很過癮，但妻極力反對，我鐵了心說那我自己去，妳在出口等我好了，妻不肯放我獨行，只好緊隨在後，後來我們各付了十塊美金，登上最高點，開心地亂叫一通，然後翻過千山萬嶺，兩個小時後才抵達出口，——但我不想多加描述中間過程，那實在太精采、太深刻、太終身難忘了，我不想和人分享，即使想恐怕也分享不來，簡單地說，就像詩人騎驢，簡單形象下的萬般複雜心情，好比路長人困蹇驢嘶，只可意會難以言傳，但我在當時居然全都懂了。

回到台灣後，我仍舊到處尋找適合隱居的山巔海畔，也許等找著了，就要添頭驢子，終日倒騎驢子，登登山，吟吟我爸教我的「一夜北風寒，萬里彤雲厚。長空雪亂飄，改盡江山舊。仰面觀太虛，疑是玉龍鬥。紛紛鱗甲飛，頃刻遍宇宙。騎驢過小橋，獨嘆梅花瘦。」人生於此，也挺滿足的了。

中東劄記

愛樂坡市集賣橄欖皂的小孩

愛樂坡（Aleppo）位於敘利亞北部，是首都大馬士革之外的第二大城，從西邊海港城市拉迪提亞（Lattakia）往愛樂坡走，一路上盡是黃草荒坡和裸露的白色石灰岩，偶爾才出幾處耐旱的橄欖樹農田，待兩旁漸有了樓屋，這已經到了愛樂坡郊區，抬頭一望，遠遠便可望見城中心古堡，盤據在微微凸起的山丘上，居高臨下猶如一把火炬。我們落腳在古堡旁一家舊阿拉伯房屋改建成的旅館，停留妥當，立刻沿著古堡周圍走路到另一頭的市集晃蕩。

市集裡充滿濃厚香氣，源自兩旁乾香料店，店家把香料一包包袒露門口，讓許多不知名的紅黑綠黃香料強烈地蒸散混合的氣味，鑽進每個走進市集的顧客鼻腔。市集有幾公里長，一條筆直主道連接垂直支道數十條，又有幾條小支道平行著，有些區域賣金銀飾品，有些賣地毯布料、銅製品，有些賣現宰的羊肉和沙威瑪，店前的夥計或東家大多拿把椅子坐在店口，看見我和妻便問：「加胖？加胖？」跟他們搖搖頭，仍不放棄地追問：「柯里？柯里？」只好跟他說：「No, Taiwan.」他們才心滿意足地說：「Oh，太萬，welcome to Syria，哈比比（阿拉伯語好朋友）。」然後便把頭巾、布料強披在你身上，你想還回去他們還不肯接，只好走回頭放回攤架上。

市集上的女子大多穿連身黑袍，頭罩黑紗，露出臉龐，有的只剩眼睛，有的甚至全頭蒙住，看見我和妻很是驚訝，不斷好奇探望，頻頻回首，我們主動打招呼，她們才害羞地微笑點頭離去。我和妻想買橄欖皂回台灣自用、送人，不少攤販漫天開價，爾虞我詐，很是無趣，索性覓了一家小朋友掌店的香皂店談價，賣香皂的小朋友能說簡單英文，一頭黃褐色頭髮，身穿藍色格子襯衫、牛仔褲，五官清秀，長得又帥氣，說話很是堅定樸實，開的價錢合理，我們隨意討價還價意思意思一下，就買了一堆橄欖皂，買完後想和他合照，一旁兩個小孩很害羞地擠了過來，他說那是他的弟弟，我就拉他們一起合照，拍好後立刻按螢幕給他們看，他們邊看邊微笑點頭說謝謝，我看他一人守店，好奇問他「Where is your father?」他聽不懂，再問他說「Papa?」三兄弟便一齊回過頭笑著指著牆上的一張大頭照說，「他過世了。」妻突然覺得有些傷悲，推著我說：「好想再多買一些。」便又多買了一些，然後妻送給他們每人一塊台灣小餅乾，他們拿餅時很靦腆地說聲謝謝，突然我想到可以變魔術給他們看，便拿出銅板在他們眼前把硬幣給變不見，他們眼睛睜得大大的，不斷舉起食指要求再變一次，再變一次，剎那間，那個賣香皂的小孩不再是那個語氣堅定、討價還價攻防穩妥的小大人，他眼神流露出的好奇心讓他再一次回到純眞率直的孩童心靈，回到一般未經變故不用提早早熟的童稚天眞，即便不久之後他仍需回復小大人的模樣，但有那麼短短的時間，我和妻看見了他美好的稚嫩臉龐，竟替他感到一絲絲幸福，連帶他所賣的橄欖皂都充滿了幸福的香氣，一起混合著市集裡的各種香氣，沾黏衣襟，滲入肌髓，融進心坎，這才滿意地和三人揮手告別，離開賣橄欖皂的小孩，離開香氣滿溢的愛樂坡市集。

吃在黎巴嫩

烙餅

阿拉伯世界主食大多以烙餅為主，烙餅的做法是將小麥麵糰擀勻貼在灼熱的炕中內壁或圓凸鐵板上，沒多時便膨脹熱熟，蒸騰出一股樸拙香味，再用短鉤勾拉或雙手撕剝取出，置於籃中並鋪上白布保溫。黎巴嫩的烙餅較埃及約莫手掌大的烙餅大上許多，大概和最大尺寸的比薩相似，吃的時候會滾切成扇形數片，佐以番茄、小黃瓜薄片，加上一些特殊醬汁（如馬鈴薯泥、茄子泥、芝麻、橄欖油等），這便是典型道地的中東主食。無論菜單如何變化，皆以烙餅為主體，比方說烙餅加上大烤肉串上的羊肉、雞肉，就成了沙威瑪（Shawarma）；烙餅加上三條德國香腸，就成了熱狗；烙餅加上碎肉，就成了漢堡。

我在黎巴嫩幾乎天天吃烙餅，早上吃、中午吃、晚上也吃，烙餅薄勻，咬勁十足，可作熱食，亦能冷吃，經常揣了一些裝進背包裡，等走累了肚子空了便拿出來咬上幾口，配礦泉水喝，竟然也能飽餐一頓，繼續鼓腹而遊。

櫻桃與杏仁

貝魯特街巷裡小雜貨店門前若有販賣水果，最常見定是南黎巴嫩盛產的香蕉和中部貝加谷地出產的葡萄，其他還會有櫻桃、杏仁、萊姆和小青頻果等，櫻桃有暗紅和鮮紅兩種顏色，暗紅較酸，鮮紅頗甜，一公斤只要四千黎巴嫩幣（約台幣一百元），價格相當便宜，我每天必買一公斤兩種混合櫻桃，餐前飯後，站定或移動，隨口拿來便吃，比起在台灣小心翼翼地品嚐昂貴的加州櫻桃，豪爽許多。黎巴嫩人喜吃杏仁，杏仁是生的，並未加工過，外表似青桃而略小，果肉堅硬，需用力擠壓才能扳露白色果仁，口感清脆，淡乎寡味，不像台灣加工過後有鹹甜味，在貝魯特海邊經常可見三五男人群聚啃食杏仁，拋撒一地硬果肉，猶如台灣啃丟瓜子一般。萊姆較檸檬大而不酸且色澤偏黃，小青頻果麻雀雖小，五臟俱全，有青頻果的香氣，卻偏甜不酸。這些水果擺在街頭，讓人不由自主就會停下來看一看，問一問，買一買，然後洗一洗，再邊走邊吃，邊坐邊吃，看夕陽、看街景、看來來往往的人，蓄鬍的、圍紗巾的、身姿窈窕的，不斷品頭論足猶如斟酌著口中水果滋味。

敘利亞烤雞

在敘利亞北部哈瑪（Hama）往海港城市拉迪提亞（Lattakia）路上，隨意找了一家烤雞店（AL FARAH RESTAURANT）吃午餐，店前左側可見一座大烤爐，隔著玻璃之後是三串擠挨著各七八隻生白全雞串，不斷在爐火中旋轉，雞身色澤逐漸轉黃，流淌鮮嫩汁液，飄散陣陣香氣；右側則猛冒煙氣，蓄短髭的阿拉伯老闆和一名小孩正拿著蒲板對著烤架上的雞塊揮搧炙烤，碳黑鐵架上各夾四大塊雞塊，老闆烤好後便一股腦兒翻進盤中，淋上紅醬汁，鋪上四片烤餅，端到我和妻的面前，我們大吃了幾口，鮮嫩雞肉在口中舞躍，紅醬汁沒麼味道，只剩淡淡粗鹽味，夾進烤餅沾白色egg bean醬汁吃，另有一種風味。吃了幾口，口乾舌燥，遂點了一瓶啤酒喝，冰涼入喉，配著烤雞大口啃咬，熱氣全消，好不快活。

餐畢走出店外，忽然想到，這不就是敘利亞式的肯德基？回過頭再看一眼，竟多了一些親切。

烽火黎巴嫩記

二〇〇六年七月九日晚上十點多，我和妻坐在貝魯特星星廣場（阿語是Nejmeh Square）Häagen-Dazs的露天椅座上吃昂貴的冰淇淋套餐，餐廳內、街道上滿滿是人，和前兩天我們走逛至此的情況稍有不同的是，以勞力士贊助搭建成鐘塔爲中心放射出的五條人行步道，每家餐廳都擺設出大大小小的白色布幕，並各自架妥投影機，實況轉播著世界盃足球季軍賽，德國中場球員巴斯帝安（Bastian Schweinsteiger）彷彿唱獨角戲一般，盤球、轉身、過人、勁射、破網，連帶一顆葡萄牙後衛的烏龍球，巴斯帝安可說獨進三球，球一破網，廣場上立即響起歡呼，大家興奮地跳著、叫著，幾乎聽不見鄰近Amir Munzer清眞寺偶爾傳來的頌禱聲，也就在那一刻，會讓人遺忘這裡是貝魯特，你會以爲這裡是巴黎，要不便是羅馬。

我和妻以貝魯特爲夜宿基地，按照行程七月六日先坐車到貝魯特北部沿濱海公路參觀傑伊塔（Jeita）洞窟，裡頭有非常壯觀的鐘乳石景觀，再到世界最古老的港口和古城碧貝螺絲（Byblos）參觀舊城堡，回貝魯特途中再登上和海岸線平行的黎巴嫩山的Harissa教堂，居高臨下俯瞰貝魯特和地中海，涼風襲來，舒暢身心，教堂裡還種有一顆黎巴嫩雪杉，正是黎巴嫩國旗上的植物，全世界只有黎巴嫩獨產，質地堅硬，千年不朽，還飄散著濃郁香氣。七月七日，驅車沿濱海公路往南八十公里參觀石橋銜接的海上孤堡 Saida 城堡，以及城堡對面的回字型二樓舊驛站，走出驛站後發現一旁有菜市場，急忙走進去逛了一大圈。下午再坐車往黎南大城，也是腓尼基時期的古城泰爾（Tyre），參觀壯觀的古希臘、羅馬賽馬、賽戰車的圓形馬場，太陽毒辣，烘曬著偌大的馬場和馬場邊的羅馬殘柱，竟有一種時光停滯之感。七月八日，坐車從貝魯特朝東北走，翻越黎巴嫩山脈，抵達黎巴嫩穀倉的貝加谷地（Beqaa Valley），抵達黎巴嫩最著名的太陽城巴貝克（Baalbeck），那是羅馬時期的偉大神廟建築群，也是中東保存最好、最完整、最雄偉的羅馬建築物。七月九日，坐車往北至黎國第二大城迪黎波里，參觀十字軍城堡（the crusader castle of St.Gilles），然後穿越邊境，夜宿敘利亞西北方大城哈瑪市（Hama）。

之所以這樣不厭其詳地交代行蹤，乃是因為我和妻七月九日離開黎巴嫩後，以色列就在三天後七月十二日對黎巴嫩開火，而且我所經過的每一個城市，無一倖免，都承受了以色列猛烈的砲火，其中又以貝魯特和黎南的泰爾受害最烈，內戰結束後的寶貴十五年和平歲月，開放觀光後的寶貴十年穩定歲月，從此又毀於一旦，那些活力十足的修復工作又完全中斷，熱鬧的貝魯特又重新跌回人間煉獄。

在貝魯特時，我們天天收看BBC和CNN，了解眞主黨俘虜兩名以色列士兵事件最新進展，我和街頭水果店老闆聊到此事時，他信心十足地說不會有事，因爲眞主黨曾在二〇〇四年以三具以色列士兵屍體換回幾百名被以色列逮捕的巴勒斯坦人和黎巴嫩人，他把兩公斤的櫻桃和一公斤的生杏仁交到我手上時，還指了一下牆上的一面旗幟，黃色布底上有一隻綠手高舉一把機槍，上頭還有一排紅色阿拉伯文，他說那是眞主黨黨旗，他也支持眞主黨。

眞主黨到底是黎巴嫩的救星？還是禍星呢？眞是誰也說不清楚。

內戰期間的一九七八和一九八二年，以色列曾兩次入侵黎巴嫩，黎巴嫩什葉派領袖薩德爾（Musa al-Sadr）建立的「黎巴嫩抵抗組織」，亦即「阿邁勒運動」（Amal），極力抵抗以色列，後來有一部分更激進的力量從阿邁勒分裂出來，與其他抵抗團體合組成眞主黨（Hezbollah），同時接受敘利亞和革命後的伊朗政府的軍事支援與協助。眞主黨堅持在黎巴嫩南部地區和以色列軍隊武裝對抗，主張通過軍事力量來結束以色列的佔領，同時不斷以恐怖報復手段攻擊美國使館、軍隊、飛機、人員，被以色列和美國視爲恐怖組織。首任領導者穆薩維（Abbas al-Musawi）於一九九二年遭以色列火箭炸死，繼任者納斯魯拉（Hassan Nasrallah，阿拉伯語，意爲「眞主的勝利」）領導至今。二〇〇〇年時，以色列單方面撤出黎巴嫩南部，眞主黨旋即以勝利者姿態取代巴解佔領黎南。近年來納斯魯拉逐漸改變路線，積極推行「溫和主義」，建立幾十所學校、診所、醫院以及各類公司和農場，形成了一個龐大的福利網絡，贏得廣泛支持，並參與議會選舉，取得黎南地區絕大多數的席位。納斯魯拉始終拒絕承認以色列（實際上許多阿拉伯人至今都不承認以色列，只要講到以色列地區，他們都會說巴勒斯坦，地圖上不寫以色列而寫巴勒斯坦），這次由眞主黨挑起的以黎戰火，黎巴嫩同時被拖下水，十幾年的辛苦毀於一旦，卻成就了身穿黑色大袍、頭纏黑頭巾、滿臉大鬍子的納斯魯拉阿拉伯英雄之名，當然也坐實了美國和以色列恐怖組織大魔頭的描述，善惡就是這樣一體兩面，只是黎巴嫩付出的代價實在太大太大。

戰爭來了，還能怎麼樣！

我和妻走進大馬士革抗議以色列入侵黎巴嫩的遊行，他們手拿著小阿薩德、納斯魯拉肖像牌子，揮舞著敘利亞國旗和眞主黨黨旗，街上滿滿是人，一波又一波，強力放送的亢奮音樂洶湧著大家的情緒。但大馬士革畢竟不是黎巴嫩，幾天前的黎巴嫩還歌舞昇平，涼風習習，是個太平世界，如今的黎巴嫩在電視螢幕裡飽受以色列軍機、軍艦無情的砲轟，眞主黨一點點零星的火箭反擊對抗，雙方死亡人數不斷攀高，一場各自名爲聖戰、名爲清除恐怖組織的善善惡惡分不清的戰爭就此展開，最大的輸家永遠是可憐的平民百姓。

我在電視上看見各國撤僑的飛機、軍艦陸續抵達黎巴嫩，接走他們各自國家的人民，我和妻落住的旅館大爆滿，大批黎巴嫩人湧進大馬士革避難，街頭上也看見許多貼有聯合國（UN）的白色遊覽車接送從黎巴嫩逃難來的人。戰爭突如其來，我和妻與戰爭擦肩而過，明明戰爭就在不遠處如火如荼進行，就在不久之前造訪過之處猛烈纏鬥，但我們卻彷彿如同一場夢，如眞似假，好像離很遠很遠，很久很久似的。我忽然想起了在黎南泰爾小雜貨店裡的老先生，我同他買了一瓶可口可樂，他好心送我一包綜合堅果，不知道在無情砲火下，他還好嗎？

我和妻不久後離開好像隨時都要捲入戰爭的敘利亞，抵達約旦，那裡安全多了，約旦和以色列有正式邦交，在兩國邊界上，我突然想起出發前張大春老師問的問題：「安全嗎？」也許我要重新回答：「希望能安全！」

我是眞的希望黎巴嫩能永遠安全。

扶桑幾度偶記

《金閣寺》與金閣寺

三島由紀夫小說《金閣寺》裡的主人翁溝口，父親是舞鶴志樂村某寺住持，與金閣寺住持田山道詮和尚是禪堂結交的朋友，從小父親便常向溝口描述金閣寺如何美不可比，在溝口小小的心靈即幻想出一個理想中的美好金閣寺，但等到身染肺疾的父親拖著日漸沉重的病軀親自帶他到京都，希望在臨終之後將小孩托給好友道詮和尚，溝口終於有機會親睹金閣寺，卻大失所望，現實中的金閣寺竟與幻想中的金閣寺差距如此之大，完全無法結合。

現實中的溝口，因口吃之故而飽受同儕欺侮，即便他有了小小的愛慾，也只能在所愛之人面前用行動表現，難以言傳，第一次從清晨樹上突然躍下阻住心怡之人有爲子，卻被有爲子數落：「怎麼？裝模作怪的，你這口吃鬼！」於是溝口便又退回想像之中，想像他如何已然擁有了其後和軍官私會而殉情的有爲子。從此他便耽溺於美之想像，甚而取代了肉慾，日後他有好幾次與其他女子發生關係的機會，卻因腦海不斷閃現出美好的金閣寺畫面而陽萎無能了。

三島由紀夫特地安排另外兩個人物來完整表述口吃難言的溝口內心世界，一是家境富裕同在金閣寺修行的鶴川，他內心光明溫暖，非但不像一般同輩取笑溝口口吃，且毫不在意地包容他，甚至總能溫暖地傳述出溝口內心中隱微的善的意念。另一名與溝口同在佛教大谷大學讀書的柏木，他內心狡詐，玩世不恭，因身有內翻足之疾，故與溝口同病相憐，可以傾心無所不談，但柏木卻懂得察言觀色，知悉男人女人內心，進而利用其心理而玩弄女人，樂此不疲，同樣的他也總是能準確地看穿溝口內心的惡念。溝口原與鶴川較早相識，進入大谷大學結識柏木之後漸與鶴川疏遠，不料鶴川竟因車禍早逝，溝口傷心不已，幾年後柏木才拿鶴川寫給他的情書告訴溝口，其實鶴川是爲愛上柏木而自殺身亡。至此，三島由紀夫，巧妙地將三者結合在一起，其實柏木和鶴川都是溝口的化身，三者一體，密不可分。

喪失善念的溝口，僅剩美好的金閣寺足資依憑，但惡念日益滋長，他開始放浪形骸，衝撞住持、離寺出走、甚至將學費拿去嫖妓，當他將陽痿無能的陽具刺入妓女的私戶口，同時也刺破了金閣寺的美好想像，於是他最後只能放了一把火燒毀了最後的一絲美好，金閣寺。

原先他應該和金閣寺同歸灰燼的，但他卻逃了出來，一路狂奔到京都郊區的左大文字山的頂山。三島由紀夫在最後一段文字寫著：「在另一個口袋裡摸著了香煙，我抽了香煙，像做完工作而休息片刻的人所常想的，活下去吧，我想。」我們其實並不意外，因爲對善惡美醜一併焚毀的溝口而言，從此之後，他已然是個全新無垢的人了。

我和妻到京都，正值酷熱夏季，好不容易按圖索驥在西本願寺前的巷弄裡找到網路上訂妥的民宿老屋，隨即走路逛了逛左近的西本願寺，再往京都車站途中已是飢腸轆轆，便在一家店前口機器投幣取單，吃了頓咖哩飯，飯飽後又往京都車站閒逛，買了公車周遊券和 **JR PASS**（日本國家鐵道券），吃了茶寮新路里的抹茶冰淇淋，又在車站前看看四個男孩載歌載舞表演兼賣新專輯，回到民宿老屋歇息之前，先在小超市裡買了幾顆又大又便宜的水蜜桃洗了吃。接連五天，離開京都之前，我們坐車、走路逛了三十三間堂、二年坂、三年坂、清水寺、哲學之道、祇園、東本院寺、二条城、嵐山、保津川，慢慢地逛、悠悠地遊，也在銀閣寺的殿前簷下落坐，迎著樹間拂來的清風，掃去滿身汗潮黏膩，靜靜諦視眼前的枯山水，一整片黃灰色石子錯落而成的銀沙灘和堆成宛如小富士山的向月台，彷彿時間久了便會窸窣湧動起來似的；也在龍安寺枯山水之前的木地板寧靜坐下，邊看著眼前小石子密密擁著四、五個長綠苔癬的大石頭領略一點禪意，邊斜睨著一旁持筆塗塗抹抹素描枯山水的外國男孩的簿本體會一絲藝術；也在立命館大學前踅了一圈，——都逛滿意了，才願意在下一站牌前下車，面對三島由紀夫筆下美極不可方物的金閣寺，走進去朝聖。

不用說也知道，金閣寺是被燒過的了，在京都動輒上百年、上千年的寺院神社，金閣寺只能算是新鮮的贗品，一點兒也稱不上古蹟，但池塘邊還是擠滿了絡繹不絕滿滿的各國觀光客對著金黃亮麗的金閣寺猛拍照，我只是望著金閣寺想著三島、想著溝口、想著行動與認識之類關於美、關於佔有、關於毀滅，然後就穿過人群，走過了金閣寺，來到後山上一個小茶寮，靜靜地喝完一碗濃綠抹茶，感到無比平和，怎麼想都想不到一下子就踱出了金閣寺，回到民宿老屋，心滿意足地收拾行李，離開京都，要往奈良看鹿去了。

美秀美術館

博物館若由貝聿銘設計，招牌如此之大，就夠吸引人了，何況設計理念還源自中國陶淵明的〈桃花源記〉，就更叫薰染中國文化的人趨之若鶩了。

車子從神戶穿過大阪、京都抵達滋賀縣，兩旁建築從緊密的高樓大廈變成稀鬆的低矮公寓，再駛入滋賀山區，便只剩黑色屋瓦罩著褐牆的日式老屋，樸拙地融入杉林之中，一片濃綠竟把山谷間一畦畦秋天熟成的黃色稻穗襯托地格外引人注目，農人們駕駛刈稻機來回收穫，留下一條條枯黃的稻梗殘存在裸露泥巴之上。

車子在接待處停下，有高爾夫球車來回接送至博物館，不一會兒就消失在眼前，我不願搭車，直往上爬，兩旁密樹遮道，前途不能探見，忽有一隧道，接連盡頭，引進洞內復彎向左去，待至彎處，始見日光飽漲洞口，若有光芒狀長射而出，隱約中有一神社，待走近看，原來長射之光芒乃峽谷吊橋鋼纜，而小巧神社即美秀美術館。

美秀美術館係貝聿銘受神慈秀明會創辦人小山美秀子（Koyama Mihoko）委託設計建造，神慈秀明會乃日本傳統神道教發展出來的新興宗派，創辦人小山美秀子深受哲學家岡田茂吉影響，認爲藝術可以淨化人心，遂花了四十年收集美術品，起初以日本茶道用具爲主，結識貝聿銘之後，經由貝氏建議應發展世界級博物館，收藏對象始擴及全球。貝聿銘受小山美秀子之邀在滋賀縣自然保護區山林間搭建美術館，但法令規定建物只可露出地面百分之二十，其餘皆必須藏於地底，貝聿銘以陶淵明的桃花源爲設計藍圖，用彎曲的隧道營造出山窮水盡後柳暗花明的世外桃源，鋁質框架及玻璃天幕讓貌似神社的博物館正門充滿現代感，內廳的大面玻璃可遠看山脈、谷地、樹林，左前方山嶺上還有過去貝聿銘過去所設計的白色洋鐘樓和狀似合掌屋的集會所，美秀美術館內有上下兩層，分成數個展場，展示埃及、中國、南亞、西亞、希臘、羅馬、波斯文物，展物豐富，彷彿一整天就可以覽盡全球文物。

下午五點，遠方洋鐘樓清脆的叮噹聲彷彿翻飛過群樹樹梢飄進耳朵，天空開始下雨，遊客大多在閉館前已然散去，只剩一些在地下樓室內等候高爾夫球車，我走出大門，雨點稀稀落落拂在臉上，天色開始染黑，我回首望望雨絲裡的博物館，又看看前方隧道，忽然聽見雨點落打在葉子上的叨叨兜兜，興起一陣風，好似掀開整座森林的私語，一樹樹窸窸窣窣而去，驚動樹梢上的雲霧聚集復移散。我走進隧道，突然忘記藏品原是如何豐富，只記得一直背向桃源離去，前方洞口有大風洶洶不斷奔來拉扯衣襟，出得洞口，雨橫風狂，竟與桃源大相徑庭，想來人間世總是如此，暫作武陵遊而已。

本栖寺掛單

說起台灣佛教，總會想起花蓮慈濟、高雄佛光山、南投中台禪寺和金山法鼓山，這些宗派除了在台灣經營起嚴密而龐大組織之外，更在世界各地建立許多大大小小的弘法據點。以佛光山而言，大多數人應該都聽說過美國西來寺，或許也有人會知道日本本栖寺，其餘不甚著名的道場更是不勝枚舉。佛光山如此，他派亦復如是。

我帶學生到日本進行文化交流，行程最後兩天一夜掛單本栖寺，準備學習日本茶道、和服和日本舞。車子從東京出發往西邊的山梨縣駛去，前一天學生在迪士尼樂園遊樂整天，此時全都疲累地沉入夢鄉，我沒進到樂園，精神不錯，遂拿出地圖、資料好生研究，才知道本栖寺就位於靜岡縣富士山腳下，五個高山湖排列在富士山北方，由東而西分別是山中湖、河口湖、西湖、精進湖和本栖湖，本栖寺恰恰依臨本栖湖，而本栖寺之命名，除與湖名相同之外，又恰恰足資紀念星雲法師當年於南京棲霞山出家（栖原與棲音同通用）。

上午十點抵達本栖寺，比丘尼帶領學生參觀環境，旋即上課介紹富士山，中午用齋飯，下午教導日本和服與日本舞，同學更衣換裝，男眾必須迴避，我便走出四處閒晃。本栖寺原爲日本笹川財團競艇訓練場所，佛光山於二〇〇二年購得，因處於富士箱根伊豆國家公園之中，不得隨意增減建築，只能運用現有建築布建寺院，因此本栖寺從外觀看去便全然沒有佛寺形貌，完全保持競艇訓練場所的樸素風貌，如恭奉大佛像的華藏寶殿即原來的室內運動場（武道館）改造室內空間而成。本栖寺之美，建築自然是談不上了，其美在於四季輪換，春櫻秋楓、夏月冬雪，正如星雲法師來訪時所作詩：「春有梅櫻秋楓葉，夏湖月夜映冬雪，若人能到本栖寺，自在解脫增福慧」，然時值初秋，楓紅無蹤，山頭一片翠綠，只有第一館前的兩棵樹開了一團團粉紅嫩花。

走出寺門，回頭再望一眼第一館前的星雲法師銅像，袈裟飄飛，神情昂揚，彷彿也要一塊兒走出寺門似的，——是的，因爲前面就是本栖湖。——隔著一條馬路，本栖湖在眼前展開，湖水染綠，上下盪漾，隨風皺波，據比丘尼說湖後最高山即富士山，可惜灰雲滿空，霧繞山頭，後方及高處全然不可見，更遑論富士山了。出寺門左轉沿馬路直走，只剩湖光山色一幅，前後俱無人，步行中最大聲響竟是足鞋磨地之聲，待緩步而行，才聽見了拍岸的湖濤和樹間的唧唧鳴響。步行約一小時，前後俱是林樹，並無居所，偶爾幾部汽車緩慢而過，我走到有些累，見路旁一處斜坡，便坐在斜坡上，靜靜領受一派天然湖山風光，忽見一白羽黑鶴凌波自左而右低飛而過，腦海立刻想起蘇東坡〈後赤壁賦〉的玄鶴，人生機緣竟如此巧妙，今夜該不會也有玄鶴化作老者來入夢吧？此念方起，又見下方一鶴飛出，交叉而過，旋即翻飛並翔，原來是比翼雙飛之佳偶，眞會錯意也。

天光漸暗，心血來潮，在清涼空氣裡慢跑起來，一路上只聽得風聲在耳畔呼呼，雖然喘，上氣不接下氣，但猛烈的吸呼好像把胸中廢氣全都滌淨似的。跑到寺門，並未直接回寺，又往前慢步而行，緊鄰寺旁有幾棟建物，同寺內建築相似，已用鐵絲網圍起，或許也是過去競艇訓練所一部分。又走了一段路，才離開馬路，走下湖濱斜坡，沿著湖浪前沿的黑沙漫步折回，原想折回寺前的浮島上赤腳泡水，或坐或躺或臥，等候天光一點一點變黑，甚至全然暗了下來。待走近時，見一釣客正揮竿，四下靜謐，想想還是兩不相擾爲好，遂在近處黑沙石灘完全躺下，仰望天空，看看山色，既不赤腳，也不掬水，只見湖水急躁地在鞋底下進進退退，始終濕不到鞋，好像湖水般的塵世煩惱都沾惹不到身邊似的，忽然鶴又從左向右貼著水面振翅比翼飛去，似乎要暗示些什麼似的，我自然是不甚懂得的，只望著牠們消失在一片翠綠之中。

逛早稻田

喜歡村上春樹的人，到了早稻田，很少內心不激動的。

說起日本大學，大家耳熟能詳的不外東大、早稻田和慶應，也許再加上關西的京都大學，這些日本老牌大學，校齡久、招牌大、人才多、名氣自然響亮。早稻田創立於一八八二年（明治一五年），前身爲東京專門學校，二十年後（1902）改制爲大學，至今已有百餘年歷史，校門口前隨時可見來來回回接送學生的赭紅大巴校車，車身上漆了一圈白色 WASEDA UNIVERSITY 125 ANNIVERSARY（2007）字樣出沒眼前，爲的就是要慶祝明年的一百二十五週年校慶。

早稻田最著名的地標，大隈講堂，就杵在正門口前，一九二七年（昭和二年）建，爲一口型西式建築，角邊有一凸出鐘樓，裡頭爲禮堂，歷來世界級大人物至早大訪問演講都在此地舉行，如愛因斯坦、柯林頓、江澤民者，據說建築淳樸可愛，可惜來逛時只見銀灰幕板層層密密裹住，透視不得。

早大校門簡單，就一道細細鐵門拉到右邊，七八個階梯往上爬，短短大道展開眼前，好似走進一處公園，兩旁盡是密扎扎翠綠高樹，把後頭建物全數擋遮起來，只有落坐樹下木椅，才能從樹身下空隙看見建築物一樓紅褐腰身，若穿過樹後細細品味早大建築，一棟棟三四層樓高的粉紅樓屋，線條簡單明快，樓頂之柱頭裝飾若有似無，與我執教的中山女高逸仙樓模樣相似，想來都是當時現代主義風行下的典型產物。樹蔭下一處處藏著早稻田校歌石碑和許多招牌，有一處寫著「東京都選定的歷史建築物早稻田大學二號館（舊圖書館）1925」招牌，後頭古蹟建築物如今已成爲會津八一教授紀念博物館，裡頭藏有早大藝術史系創立者會津八一的收藏品，我只看了看門口，並未進入。待往前直走，可見早大另一著名景觀，身穿寬袍，頭罩方帽，右手持著拐杖的早大創辦人大隈重信，他後來當上日本首相，從政期間曾被槍殺，傷及右腳，是以青銅雕像塑造手持拐杖狀，咬牙閉唇倔傲不馴的姿態。大隈重信是日本著名近代政治人物，大政奉還、侵略中國都與他有關。他生前曾倡言「只要人們能重視健康，就應該會享有活到一百二十五歲的壽命」，雖然他只活了八十三歲，但也算得長壽，也因爲他的理論，一二五這個數字在早大格外受到重視，大隈講堂的高度是一百二十五尺（約三十八米），一九六三年時特別舉行大隈重信誕生一百二十五年紀念活動，由此便可知早大何以如此重視一百二十五年的建校紀念活動。

走過大隈銅像，沿七號館右轉，再穿過七號館中門，登時出現一棟紅瓦白牆三層洋樓，樓前有一半身銅像藏在小樹叢中，微微伸出的手油亮發光，據說只要和銅像的右手握手，便能考進早大，故而來此參觀的日本中學生無不爭先恐後與之握手。半身銅像下寫著坪內逍遙（1859-1935），他是著名日本小說家，創立早大文學演劇科，是第一位把莎士比亞全集翻譯成日文的學者（這點很像台灣的梁實秋），一九二八年早大爲慶祝坪內七十壽辰，並表彰他在文藝上多方面的功勳，爲他創立了演劇博物館，便是眼前這棟古樸可愛的三層洋樓，坪內作品、原稿及論文皆收藏於館中，另還收藏日本演劇藝術品及東、西洋各國藝術品。可惜博物館沒開。沒能走進瞧瞧。

我才猛然想起，村上春樹不也是早大文學演劇科？村上考入早大時，日本全共鬥的激進學運世代風潮正盛，這樣的背景經常出現在他的小說當中，當時他好像很少上課，主要生活是打工賺錢與流連地下爵士酒吧（爵士樂是村上小說的靈魂之一），後來乾脆和太太開了一家「Peter Cat」的爵士酒吧，二十七歲時才終於從早稻田大學畢業，論文的題目是「美國電影中關於旅行的思想」。如果我知道村上的論文收藏在哪個圖書館的話，應該去影印一份下來的，那肯定是手稿寫成，會不會早已經被人盜走了呢？沒想到我在演劇博物館前淨想些這些有的沒的，當然我還想了一下村上春樹很有可能在此上課的一些情景，以及大學時初讀《聽風的歌》和《挪威的森林》的陰鬱心情。

待背著演劇博物館往前走，又回到大隈銅像前，路邊看見「早大附屬早稻田實業學校八十八回全國高等學校野球選手權大會」大型看板，原來是早大附屬高職奪得日本甲子園冠軍，和一百二十五週年校慶好像雙喜臨門似的，只是天大的歡喜到了早稻田校園都會這樣靜悄淡雅下來，既不特別彰顯、也不特別高調，莫名就會感到有一種沉潛而穩健的力量油然而生。

捎個短訊之後

我一個人走進舞浜站，搭上電車到東京站後，又轉車到御茶水站下車，走出車站便掏出寫好的紙條問人：「請問古本街怎麼走？」只見婦人伸直手，用英語說著：「往前，紅綠燈左轉，直走就到了。」左轉之後，我走進路邊一家咖哩飯店，因爲還沒十二點，小小店內只有一個人安靜吃飯，我點了份咖哩飯，窩在角落窗戶邊吃，想先填飽肚子，待會兒可以逛久一些。原本我可以陪學生一塊兒走出舞浜車站，快快樂樂地在迪士尼樂園耗上一天，最後一起看完煙火秀，才依依不捨地離開，但我年紀也許眞的開始變大了，迪士尼是絕不想再進去第二次，所以看完最後一個學生入場，我就決定一個人到神保町來了。

池谷伊佐夫的《神保町書蟲》（愛書狂的東京古書街朝聖之旅），我在台灣擁有一本，但此行倉卒，也不知道有此機會前來，並未帶在身邊，一切只能靠嘴巴問路了，結果當然陰錯陽差，誤入歧途而全然不知，只是誤打誤撞倒也發現了些好處，足夠讓我心甘情願蹲坐在地上耗去三四個時辰。

我來神保町只想找找有無線裝書，上回我在大阪最鬧熱的購物街閒晃，妻和她兩個妹妹走一塊兒逛，我對逛街始終興趣缺缺，正在擁擠的人潮中感到百無聊賴之際，意外發現心齋橋內居然有一家舊書店，名曰中尾書店，密密麻麻的書陣中，入門左側最靠邊有一欄書櫃專放線裝書，大多是明治時代日人印刻的漢文古籍，漢字旁邊還有片假拼音，我挑了一本寫古詩用的韻書《詩韻含英異同辨》（明治十一年〔1878〕，日人翻印清朝劉文蔚《詩韻含英》及任柳塘《異同辨》），想以後教古詩格律時可以秀給學生瞧瞧，並告誡學生日本人在明治革新之前可熱愛寫古漢詩哩。

吃完咖哩飯，偷偷把店裡的冰水裝滿自己水瓶，走出店門，穿過整條都在賣樂器的明大通街，電子吉他琳瑯滿目地綴掛店口，背著黑色吉他背包頭髮五顏六色的年輕男孩不斷從身旁經過。走到大十字路口，問了一對情侶：請問古本街在哪？男孩指著對街右前方，畫了個圈：「那一區就是古本街！」

綠燈亮，趕緊穿過馬路，站在神保町入口的牌匾下，我深呼一口氣，忍不住內心激動，然後做了個土包子都會做的事，掏出背包裡的相機，不顧來往行人眼光，對著牌匾猛拍照。如同我先前說過，其實我走錯了路，眞正的神保町古本街是在靖國通大馬路上，我走進的這條巷子其實就在靖國通的後面，與之平行，靖國通近在眼前，但當時的直覺告訴我，舊書店絕不可能開在成本過高的大馬路旁，但我忘了這裡不是台灣，是日本，神保町舊書店的的確確就開在鬧熱的大馬路旁，等我從小巷子鑽出來的時候，已經是晚上七點半以後的事，當時我只能望著整條街幾乎熄盡的舊書店店招，和忙進忙出把門口的書搬回去的店員，突然有一種哭笑不得的感受湧上心頭，不知道該笑自己笨，還是聰明。

在我尚未知覺自己愚蠢前，我還在誤以爲就是神保町舊書街的小巷裡，晃來蕩去，很是失望，裡頭就約莫二、三十家書店，店數都已經夠少了居然還有好些家不開門營業。巷子口的三省堂書店是家新書局，一旁有兩家古書店：大島書店專賣外文書，三茶書屋前的櫥窗則擺有許多文學家全集，像芥川龍之介、夏目漱石、三島由紀夫和太宰治等。當時，如果我往右走，就是神保町古書店精華區了，但我卻往左，進了小巷子，看了專賣研究中國文化，有許多繁簡字體書籍的東方書店和內山書店，和一家專賣球類運動的舊書店（BIBLIO），更發現了賣舊色情雜誌和光碟店的湖南堂，當然這條巷子後頭還有許多家是賣全新色情光碟的，想來居然和光華商場一個模樣。繞回來又在另一條交叉小巷裡，發現一家文省堂，走進一看，右手邊牆上的書籍居然全是限制級二手漫畫，只好繞回中間走道瞧瞧，櫃上擺滿舊雜誌，低頭一看矮櫃上有兩箱明信片，隨手翻翻，全是大正、明治時期的風景明信片，我馬上彎下腰，取出幾張來看。

這些老明信片，頓時讓記憶重回到孩提時的蔥仔寮，那時我阿公經常在三合院院埕上拉殼仔胡咿咿啊啊唱著歌仔戲，左鄰右舍圍在旁邊聆賞叫好，我呢，就躲在伯公房裡隨他高低起伏的聲調亦步亦趨吟著詩。我伯公是留日的讀書人，他有一個鐵盒，裡頭裝的全是朋友寄來的信件，其中有一部分就是這種明信片。

我一邊看著老明信片，一邊想著我伯公，一張一張翻看，一點一滴回想。箱裡的明信片不外各地風景名勝，如京都、鎌倉、東京的寺院神社等等，也許因爲數量太多，價格並不昂貴，約在日幣兩百至三百間。翻看間，忽然遇上一張昭和十二年日支事變（案，支即支那，中國也。八年抗戰即日人所謂日支事變）上海戰線八月十四日黃浦江封鎖時外灘的照片明信片，很是驚奇，便置放一旁。之後又陸續翻到不少日支事變中上海、廣東、北京、漢陽的戰場實況明信片，也有一些是日露戰爭（案，即日俄戰爭）關於奉天（案，即瀋陽）的風景明信片，還有滿洲國出版的明信片，有幾張還是當時擔任滿洲國皇帝溥儀訪日的明信片，我將它們全部聚集成一落。興致一來，決定不逛其他地方了，索性蹲在地上好生看個仔細。接著又發現南洋和朝鮮人情風俗明信片，我暗自猜想，以殖民地而言，應當不會遺漏台灣才是，果不其然，馬上跳出一張台灣神社（案，今圓山大飯店原址），樂趣大增，遂逕自坐在地上，一張一張翻看，把兩箱內約萬把張的明信片全數翻完，總計花了七八個小時。

其間不斷向書店老闆娘說抱歉：「對不起，我到街首的三省堂去上個廁所，請不要動我選好的明信片，好嗎？」或者「對不起，我去吃個飯再回來。」最後，經由我的揀選，有關中國的明信片整理成一疊，約有兩三百張，又從頭到尾看了一遍，最後全擺了回去。關於台灣的明信片也整理成一疊，約有三、四十張，我算了算金額，可以負擔遂全數買了回來。

我想如果可以，我還眞想拿這些明信片捎個短訊給我伯公，那裡頭除了有我的想念之外，後面還有他熟悉的景象，以及他始終熱愛的台灣。

在非洲

文明斷裂——遊開羅記

站在埃及西南方的吉薩地區，仰望舉世聞名的古夫（Khufu）、卡夫拉（Khafre）及孟卡拉（Menkaure）三座金字塔，除了和眾人發出同樣的驚嘆聲之外，除了再一次印證導遊與書上所說的歷史差異不大之外，我很快就被密布的警察干擾情緒，騎在駱駝上的警察不斷驅趕滿心巴望觀光客騎乘的駱駝主人，據說他們會用一塊美金誘使你騎上駱駝，但在下駱駝時就敲詐你二十美金，若不願付款，主人便飛快地馳往沙漠，命你交錢，然後便把你拋在沙漠邊緣，等你回到金字塔報警時，主人早已不見蹤影。然後我一轉頭，又看見荷槍實彈的警察站在金字塔各個角落，他們的敵人已經好些年不曾出現，所以只好不斷驅趕著乞錢的小孩。但是風沙不小，照例他們都瞇著眼，土黃的臉龐沾黏一層粉塵，彷彿遙望不到風沙迷茫的未來。

等我站上古夫金字塔腰間墓穴入口前，回頭俯看整個開羅市區時，內心不免一怔，背後雄偉無比的金字塔，恰恰和眼前灰撲凌亂的破舊建築物形成強烈對比，讓人很難回想這個城市曾經輝煌一時。或許我正和絕大部分的觀光客一樣，其實只是來獵取歷史場景的鏡頭，我們很可能經常以高一級的姿態來消費來觀光，去到某些著名的地點拍照、感受、並發出眞誠的讚嘆，只是一離開這些景點，我們其實面對的是一群眞正活生生的人，但我們被關在遊覽車裡，像進入野生動物園，導遊會告訴你，只要落單，隨時都會有危險。

特別是在開羅市區，每個主要幹道一定會有一部警車停駐在巷弄裡，旁邊一定會立著厚重防彈盾牌牆，後面就站著兩三個荷槍實彈的警察，慵懶地四下張望。到了埃及博物館附近，氣氛更加肅殺，一圈又一圈的警力把博物館團團包住，好像來到戰場一般。我們就在密集的警力保護下，通過層層X光安檢終於進入館內。

博物館內眞的不適合走馬看花的人，也不適合對埃及歷史一無所悉的人，來自世界各國的觀光客把小小的博物館擠得水洩不通，飛快地隨著導遊從早王國時代的第一王朝開始參觀出土文物，一個區間又是另一個王朝、另一個時期。我們當然不會錯過古埃及最強大的法老，新王國時期第十八王朝圖特摩思（Thutmose）三世和他的繼母哈特舍普蘇特（Hatshepsut），也見識到了推行宗教改革失敗的阿蒙霍普特四世、大肆興建神廟俊美的拉美西斯二世，以及在二樓令全世界爲之驚訝的圖塔卡門陵寢文物，並且另外付費看了木乃伊室。然後走出館外，古埃及就這樣結束了。

如果這樣還意猶未盡，應該還得到埃及南方古稱「上埃及」的納塞爾湖畔看看壯觀的阿布辛貝神廟，那裡有拉美西斯二世命人直接把神廟開在山體裡，神廟正面高三十一公尺，矗立拉美西斯二世四尊巨像；也應該再到荷馬筆下「只有沙漠中的砂粒，在數量上能超過封閉在這座城市裡的財富」，上埃及古都底比斯所在地的路克索，見證瞧瞧由阿梅諾菲斯三世和拉美西斯二世興建的路克索神廟，這樣才更能深刻體會古埃及的壯麗。不過我們只到開羅南方的孟菲斯看了倒塌的拉美西斯二世十四米高巨像，或許在今天，這樣倒塌的姿態最適合古埃及的文化象徵。然後又到了塞加拉、達胡爾兩地看了有史以來頭三座金字塔，第一座因是嘗試性質而蓋成了階梯形，第二座因上方角度不合而蓋成彎曲角錐體，要到了第三座才完成了完美的三角錐體金字塔，由於塔身覆蓋紅色石灰石，又被稱爲紅色金字塔。我們進到了紅色金字塔裡頭雕空挑高十數米的神秘墓穴，感受鬼斧神工的建築技術。然後我們就眞的要告別古埃及了。

西元前三一〇〇年左右，南方的上埃及國王那爾邁（Narmer）率兵征服了北方的下埃及，統一全埃及，建立了第一王朝，埃及進入王朝時期，由於當時國家統治者被稱爲法老，因此王朝時期又被稱做法老時代。但王朝時期並沒有綿延流長一直到現在，它只延續到三十二王朝，並且在二十七王朝時波斯帝國的勢力已經深入埃及，到了三十一王朝，埃及已經成爲波斯帝國的一個行省。直到西元前三三二年，馬其頓王亞歷山大（Alexander）征服了埃及，並在孟菲斯自稱法老，埃及才結束波斯統治進入希臘化時期。從此之後，再也沒有一個國王具有埃及血統，延續近三千年的法老時代壽終正寢了，曾經輝煌尊貴的埃及權貴們此後都成了希臘的臣民。到了西元前三〇年，屋大維（Octavius）率領羅馬軍隊佔領了尼羅河地區，才結束了由希臘派來任總督後來獨立爲王的托勒密王朝，埃及又被劃爲羅馬帝國的一個行省。

爲了體驗希臘、羅馬文化，我們到了開羅西北邊緊臨地中海的亞歷山卓，這座城市比起開羅市容來得更爲乾淨明亮。亞歷山卓博物館收藏了許多希臘、羅馬時期文物，裡頭也有各式仿古埃及的石造雕像和木乃伊，但已經摻入了歐洲文化色彩，比方說大理石和素描線條。另一處龐貝之柱公園，有一根高達三十公尺直徑九公尺的花崗岩柱，建於托勒密時代，當時原爲一座神殿，供奉亞歷山大大帝所創 Serapis 神，遺址下還有一座大型石窟的圖書館。另一處羅馬遺蹟是孔索加法墓穴（Catacombs of Kom ash-Shuqqafa），這是埃及地區發現最大的羅馬時期墓穴，墓穴在地下共有三層，第一層是圓形大廳與餐食室，第二、三層是一格一格的墓穴，墓穴枯骨已被歲月銷蝕殆盡，僅留下墓穴壁上的雕刻，大多雖然是歐洲樣式，也摻雜許多古埃及圖騰。

離開亞歷山卓古希臘、羅馬文化遺址，我們馬上又回到阿拉伯文化的現代埃及。西元六四〇年，阿拉伯人入侵埃及，結束東羅馬帝國統治，從此，埃及歷史進入了阿拉伯時代。阿拉伯人入主埃及，採取較爲寬鬆政策，使得埃及人迅速阿拉伯化，表現在廣泛接受阿拉伯語及信仰伊斯蘭教，即便在西元九世紀之後，阿拉伯帝國勢力逐漸減弱，一直到十六世紀初的六百多年，埃及領土內先後有圖倫王朝、伊赫什德王朝、法蒂瑪王朝、阿尤卜王朝和馬木魯克王朝五個獨立或半獨立的王朝出現，但這些王朝的奠基者都不是土生土長的埃及人，而是突厥人、阿拉伯人或庫德人，換言之，埃及人一直處於被統治的狀態，長達六百多年之久。

必須在這個背景底下，才能理解爲什麼埃及人對薩達特總統之死咸感悲痛。西元一五一七年，鄂圖曼土耳其帝國打敗了馬木魯克王朝，埃及又淪爲鄂圖曼帝國一個行省。但從十八世紀末開始，埃及實際控制權已落入西方殖民主義帝國之手。西元一七九七年七月拿破崙佔領開羅，不過只維持了三年，隨後英國又在一八八二年佔領埃及，獨享殖民利益。要到一九五二年由納塞領導的七月革命，終於推翻英國勢力，隔年成立埃及共和國，並於一九五六年通過新憲法，明文指出埃及是一個獨立自主的阿拉伯民主共和國，國教爲伊斯蘭教，官方語言爲阿拉伯語——至此埃及可說完全與古埃及文明完全斷裂了——納塞後來成爲埃及總統，銳力改革，埃及國勢蒸蒸日上，除興建亞斯文高霸之外，並與英法聯軍對抗成功收回蘇伊士運河主權。一九七〇年納塞病逝，薩達特繼任總統，他在政治、經濟、外交進行大力改革，並於一九七三年聯合阿拉伯等國向以色列發動戰爭，以、阿雙方傷亡慘重，埃及更是債台高築，後來美國居中調停，薩達特總統決心和以色列言和，並於一九七七年訪問以色列，這是以、阿衝突三十年來第一位正式訪問以色列的阿拉伯國家元首。薩達特對埃及最大的貢獻就是替埃及帶來的數千年以來難得的和平，而這個貢獻卻替他招來殺身之禍，阿拉伯世界大都反對薩達特和以色列和解，敘利亞總統稱薩達特是「阿拉伯民族事業的叛徒」、格達費則聲稱要「殺死薩達特」，有十七個阿拉伯國家對埃及實施政治經濟制裁，並把埃及從阿拉伯陣營開除，埃及陷入空前孤立境地。一九八一年，薩達特決定在戰爭結束八週年舉行隆重慶典，在檢閱台上，薩達特遭到槍擊身亡。

我們來到薩達特被槍殺身亡的檢閱台，台前建了一座仿金字塔造型的紀念碑，象徵薩達特在埃及人民心目中等同尊貴法老的地位，大理石墓碑寫著「忠誠的總統安瓦爾・薩達特，戰爭與和平的英雄，他爲和平而生，爲原則而死於一九八一年十月六日勝利日」。在埃及，和平的代價就是這麼昂貴。繼任的穆巴拉克總統，對極端基本教義派宗教勢力進行掃蕩，逮捕三千多名聖戰組織成員，審判及處死暗殺沙達特的兇手，但一九九〇以後，極端宗教分子連續製造恐怖事端，綁架外國遊客、爆炸攻擊、襲擊無辜者，藉由破壞國家安全來打擊埃及觀光事業，也因此，開羅成了風聲鶴唳的準戰場城市，在開羅的觀光遊覽車上都配有一名配槍的便衣警察以及尾隨的警車。

我站在尼羅河畔，望著金字塔，猜想只有金字塔眞正見識了五千年來興衰成敗的烽火歲月，或許它也看膩了這種變化，作爲埃及偉大祖先留下的龐然建築物，屬於它的文化早已斷裂，或許它的子民還是留著法老們的血脈，但他們也看不懂蚯蚓般的阿拉伯文了，文明斷裂就是這麼一回事，戰爭、殖民、奴役、同化、消失，屬於古埃及的驕傲早在西元前三三二年就已然消逝，只剩金字塔、神殿殘破矗立，迷茫地望著現代埃及在風沙中一路朝和平、富裕和強盛的路上前進，但那已經是走了味的後代了。

角色互換——遊肯亞阿布岱爾國家公園記

從肯亞國際機場往首都奈洛比（Nairobi）途中，可以看見絡繹於途穿戴整齊的黑人在路兩旁不斷走著，只是他們腳下所踩的都是泥巴路，而不是磁磚人行步道，一直到奈洛比市區也是如此，感覺非常奇怪，奈洛比有許多現代大樓林立，但好像一下了車，踩上一條日積月累自然形成的長溝泥路，一下子就如同置身鄉間，一抬頭又立刻回到都市。

還沒來肯亞之前，聽說一出機場，整個肯亞就是一個大野生動物公園，特別當我們在路上舊體育館附近看見數百隻大尖長嘴鳥就在行道樹上築巢，我們就異常興奮地認爲此話不假。樹上的每一隻鳥都有一個滿歲嬰兒那麼高，黑人司機說牠們是肉食性動物，我們接著問：「那會不會攻擊人？」他很正經地回答：「肯亞人的話是沒聽過，台灣人就不知道了。」

我們要前往的阿布岱爾國家公園從奈洛比出發往北要兩個小時車程，這還是最近的一個國家公園，可見肯亞並不是到處都是國家公園。

我們從阿布岱爾鄉村俱樂部（Aberdare Country Club）轉國家公園專車前往方舟

（Ark）旅館，一路上司機不斷告訴大家右邊樹上有什麼猴子、什麼鳥，左邊遠方平原上有什麼羚羊、什麼牛，但距離都非常遠，加上是野生關係，一見任何風吹草動便立刻拔腿狂奔，等到我們在偌大的視野中找到牠們的身影時，大多只能掃到牠們正閃入樹林中的屁股和後腿。這時難免就會懷念起動物園裡的動物，不但能近距離觀看，牠們還得乖乖地在一定範圍裡待著不能趴趴走。

到了方舟旅館，在入口處就看見了野生大象在遠處吃草，大夥兒都非常興奮，進入旅館後才發現木造的方舟旅館就蓋在一座大水塘旁邊，靠近水塘的方向每層樓都有觀景台，一樓更有可以欺近到動物旁邊的小碉堡瞭望台，以水平的方向觀賞前來水澤飲水和舐鹽的野生動物。

從下午到深夜，動物來來去去，先是一大群非洲水牛盤據在池塘邊平地舐鹽，然後又出現好多隻各式羚羊前來飲水，接著又出現一隻獠牙外露相當可愛的疣豬，不久牠的屁股後頭就出現一頭鬣狗，不斷尾隨其後，經常欺身上去想要攻擊疣豬，靠得太近了，疣豬便不耐煩地回頭揚起獠牙嚇唬嚇唬牠，鬣狗也怕疣豬尖銳的獠牙，連忙退了好幾步，不過又想偷襲，又漸漸靠了上去，就這樣一前一後，一進一退，持續了好幾個小時，像表演一齣好笑的默劇。然後大象也跑來平地喝水，混在水牛群當中。接近傍晚時，忽然動物們一哄而散，水澤平地冷冷清清，只剩幾隻鶴鳥立在水草澤地，然後就看見兩隻水獺在水澤中畫出兩條漣漪，隨即又消失草叢當中。

我們就在觀景台目睹了這一切，可是我們被要求不能離開旅館，因爲野地上有猛獸、有毒蛇，太過危險。只是這樣不就等同角色互換嗎？原先在一般城市動物園柵欄裡的動物此時此刻都在外頭自由自在地來來去去，反倒是我們被關在旅館當中被形形色色的動物觀看警戒著，一下子，人反而變成了被拘禁者，動物們都成了過客，或許就要有這種體會，我們才能眞正了解自由對於動物的可貴，也才能眞正體會野生動物園的可貴，哪怕在這裡所能看見的動物只是驚鴻一瞥，永遠只在幾乎快望不見的遠方，但因爲動物們擁有自由，牠們能依照自己的個性過自己的生活，這樣肯定要比被關在籠子裡快活千百倍。

在天涯海角看見希望——記遊開普敦

從肯亞抵達開普敦時已經深夜，看不清這個城市風貌。

隔天一早，從窗戶望見桌山，果眞嚇了一跳，這裡根本不像非洲，簡直就像是歐洲的一個城市。高級別墅綿延整個桌山腳下，蔚藍的海岸線沿著兩岸青翠山巒向前伸展，彷彿就像一幅圖案般。

雖然開普敦晴空萬里，但因風速過大，纜車停駛，我們無緣登上桌山。導遊隨即決定驅車前往對克島（Duiker Island）觀看海豹。海豹群聚在一小島上，或慵懶地躺在島上曬太陽，或翻游水中盡情嬉戲，各盡其興致。

我們此行最重要的目的地是好望角，欣賞完海豹之後，便急忙趕往好望角——這個在世界地理上極富盛名的海角——西元一四八七年七月，三十二歲的迪亞士奉葡萄牙國王之命，率領三艘探險船沿非洲西海岸南下，踏上了駛往印度洋的未知之路，他最主要的目的就是要開拓出一條駛向東方的新航路。當船隊到了南緯三十三度的地方時，突然遇上風暴，船隊在海上漂泊了十三個晝夜。風暴停息以後，迪亞士決定向東航行，可一連行駛了好幾天仍未發現非洲西海岸的影子。迪亞士憑著豐富的航海經驗推斷，船隊已在風暴中繞過了非洲的最南端。於是船隊改變航向朝正北航行，幾天之後果然看見了東西走向的海岸線和一個海灣（即今南非的莫塞爾灣），但船員們都不願繼續東行冒險，迪亞士只好率船隊返航。返航途中接近一個伸入海中的海角，不料風暴再次降臨，海面巨浪滔天。船隊在風浪中經過兩天奮力拚搏，才繞過駭人的海角，駛進風平浪靜的非洲西海岸。望著令人生畏的海角，迪亞士將它命名為「風暴角」。一四八八年十二月，船隊回到里斯本，迪亞士向國王裘安二世描述了自己的探險經過和命名為「風暴角」的海角，國王認為，繞過這個海角就有希望進入印度洋，到達朝思暮想的黃金國印度，於是就將「風暴角」改名為「好望角」（The cape of good hope），並一直沿用至今。

我站在非洲最西南端的好望角，感覺像是到了天涯海角，也似乎覺得必須要山窮水盡疑無路，才會有柳暗花明又一村的機緣吧，這裡曾是地理大發現的一個重要驛站，後來更是在埃及蘇伊士運河開通之前，歐亞航運通往亞洲的重要中繼站，當初是風暴也好，是希望也好，危險與希望、困難與新生，好像都在浪花激盪下出現、消失，只是端看我們掌握對了什麼時機，能不能在天涯海角中真正望見希望。

〈附錄〉貴人與我

父親有一回很認眞地同我說：「孔老夫子說得好：『萬物皆備於我。』萬物爲什麼會皆備於我，那是因爲心存感激，你能珍惜別人所施予在你身上的各種恩惠，知恩圖報，萬物才會不離不棄，自然就皆備於你。」這段話我後來讀了四書知道並非孔子所說，而是孟子的話，並且孟子的本意也不像父親所詮釋那樣。但這都不重要，重要的是父親他期許我能珍惜別人的恩惠。

如此說來，父親便是我生命中第一個貴人。

他生我、養我、育我、愛我，更提供我作爲一個人該有的樣型、該有的想望、該有的標準，然後對此叨叨絮絮再三叮嚀，始終不變。我後來果然也多少符合他期望中的樣子，努力戒除驕傲、做事敬愼盡心、懂得感激他人，只是他老人家已然先走一步，來不及看到他極力栽培的小兒子改變了這許多。

隨著時間推移，我漸漸發現自己身上竟留存父親許多影子，無論是舉手投足，還是言行處世、待人接物竟都籠罩在父親的身影當中，也因此，在許多不經意的時刻，我竟從自己身上望見了父親，再一次與父親意外重逢，我有時會問他：「爸，這個樣子還可以嗎？」

這個樣子還可以嗎？爸。

每當這些重逢時刻，我總會憶起父親過往對我的鞭罰、責備、告誡與期許，一直以來，他始終期盼我能成爲一個有用的人，起碼要像我爺爺，再不濟也要像大陸上的叔伯，絕不能像他一樣，半生勞苦、一事無成。但在我心中，遙不可及的爺奶叔伯只是個抽象名詞，我耳濡目染的，是日夜相處的父親，他或許有時不通情理、有時過於嚴苛、有時又專制獨裁、有時又熱愛嘮叨，但更多時候，他流露出許多驚人的美德，他堅強、他勇敢、他充滿智慧、他擇善固執、他勤儉、他孝順、他刻苦耐勞、他待人良善……，在他身上，早就自成圓足模範，我根本無須外求。

也因此，我試著描繪他的樣子，勾勒一些深深印在我腦海裡的畫面、事件、和聲音，甚至更深入去推敲父親那些言行舉止背後的深意。但隨著父親故去的時間越長，我印象中的許多情節開始出現錯落、剝蝕、模糊的情形，我甚至懷疑，我描繪的父親眞的是現實中的父親嗎？抑或只是我幻想出來的樣子？如果我把這些文章燒寄給父親，他會認同這樣的他嗎？

不過這不打緊，他也不愛聽他自己的事兒，他比較喜歡聽我說些哪些人曾幫助過我，這表示他的兒子還有點兒人緣，値得人家願意拔刀相助。

父親還活著的時候，我當時讀師大三年級，因緣際會通過申請得以進入祐生研究基金會，基金會的董事長林俊興先生是個了不起的人，他是我見過第一個默默爲台灣做許多偉大研究和事業卻完全不求聲名的人，也是我見過最富有卻最謙虛的人。我在基金會裡結交到各行各業的好朋友，也在基金會全額資助下考察過中南美洲、北歐、非洲、東南亞等國（預計九年考察完全世界主要國家），更在基金會舉辦的讀書會遍讀群書，之所以如此，乃因林先生希望我們擁有知識之外，還要有見識、有膽識。我向父親誇林先生怎麼了不起時，他只是滿意地點點頭——父親這樣的點頭意味著「挺好」的意思。

後來我從金門當兵回來，又回到台北市信義國中教書，當時研究所雖然已經考上，卻因爲大學讀書時領公費的關係必須要義務服務兩年（含當兵就變成四年），已經保留學籍三年，還不能去念。回到國中後，總覺得整天管這群小毛頭生活瑣事也不是辦法，便跑去投考中山女高。當時聽人家說，明星女校不太收年輕男老師，況且我教學年資只有一年半、又沒碩士學歷，錄取的機率微乎其微。沒想到考完之後，竟意外錄取，我趕緊騎摩托車回家同父親報告，在門口我就大跳大叫，「考上了！考上了！」進門後只見父親在沙發上猛點頭，從因帕金森症而僵直的臉努力露出笑容，等我冷靜之後，才跟我說：「到那兒教書啊，還是要做到孔老夫子說的愛心、恆心、耐心……」

後來進到中山後，才聽說當初在二選一的抉擇過程，有人認爲我太年輕了，再磨練個兩三年再錄取好了，但校長卻獨排眾議，認爲我潛力無窮，可以栽培，最後決定選我，我才能勝出。也因此，我對丁亞雯校長存有一種報恩心態，第一年就攬了許多事來做，創辦中山學報、文學風景、國文科網頁，指導詩社、加入數位教學小組，做得有聲有色，頻頻獲獎，沒讓丁校長蒙上選錯人的污名。我後來發現，丁校長是我見過最有教育遠見的校長，她熱情十足、意志堅定、積極認眞、處事明快。她待我如同自家小孩，完全沒有架子，我在她面前也很自在，有話直說，從不拐彎抹角。我同父親說起丁校長怎麼讚的時候，他也露出滿意的表情。

在金門當兵時，陰錯陽差搞到自己瀕臨精神崩潰，留下的後遺症就是再也不敢寫一個字，隨身必得攜帶鎮靜劑。後來父親過世之後，我對他的想念與日俱增，我好怕他就此完全消失，我艱難地重提起筆，寫寫停停，停停寫寫，一個字又一個字刻劃父親的身影。我把這些寫成的作品連同生病前的一些詩文，全拿給楊昌年老師看，他看完之後，緊緊握著我的手，說：「相信我，你可以再寫的！」我到現在都還忘不了老師手裡暖暖的溫度，透過手心直接烘暖心房。於是我決定放手一搏，勇敢寫下去。我在父親的墳前同父親說：「爸，楊昌年老師給了我很大力量，我一定努力把你寫出來，絕不讓你消失！」

後來在網路上意外找到說書人張大春的專屬網站，那裡集結一群文藝網友，寫詩、小說、散文、評論樣樣都來，程度極佳，我經常連插嘴都插不上，後來爲繳交楊老師規定的小說作業，就化名「大春門下犬馬」（因爲太崇拜張大春了）把小說邊寫邊貼在網路上。其後，一名網友結婚，張大春也出席了，他遇到我就說：「輝誠，你那篇小說寫得很好！」我趕緊跟他解釋其實我不太能寫，他問爲什麼，我便一五一十把生病前因後果都說了出來，他很認眞地聽著我的事，然後安慰我：「沒關係，這種事慢慢來，你每天深呼吸試著，多少會有幫助！沒法兒寫的時候，就休息，不要勉強，留得青山在，不怕沒柴燒！」然後他又說了一段話，這段話讓我後來猶如小孩子被摸了頭，膽子益發大起來了，便把隨後寫成的作品拿去比賽、發表，竟意外獲得許多文學獎肯定，我打電話同大春老師報告，感謝他講那些話鼓勵我，大春老師納悶地問：「我講了哪些話？」「老師你對我說：『現下這些新冒出頭的小作家，哪一個不是我眼底看出來的！你啊，絕對沒有問題的。』」「有嗎？我吹牛的啦！這話我常講，你不要放在心上！」原來因爲會錯意而產生的力量竟然如此巨大。我和父親談起這件事時，約莫歲末時節，五指山煙霧繚繞，若父親地下有知，不曉得會說些什麼哩。

再來的兩位貴人，一位是經由黃明理學長介紹而認識的龔鵬程老師，龔老師的作品我大體上都看過，他的學問之博大令我嘆爲觀止、思考問題之細膩敏銳令人望塵莫及、文白辭采之斐然不違古今名家多讓、見解之卓越又常令人心折。龔老師後來答應收我爲學生，我有幸在他的學術活力之下，耕一塊小小的園地，與他無邊際的平曠田野勉強相互銜接。

另一位是經由學校同事林世奇老師介紹才得以拜入師門的毓老師，我第一次聽老師講經書的時候，整個人都震懾住了。毓老師今年一百餘歲，先前每週三次說書，他中氣十足地講論經文、月旦人物、批陳時事，逢上慷慨處，霍得一聲響，覆掌擊案，頓切激昂，淋漓盡致。我極受感動，從毓老師身上看到不只是學問而已，他根本就是活生生的中國文化，什麼「學而不厭、誨人不倦」、什麼「不知老之將至云耳」都不再只是空洞的話，他躬身實踐，用身體力行來演述經文，把經文活潑起來、振作起來、昂揚起來，展現出中國文化的雍容博大、泱泱大度和精妙幽微。我同父親說，要我形容毓老師的話，他老人家和父親常說的孔老夫子其實是同一等人物氣象。

我相信父親喜歡聽我講說這些貴人們的事情，他肯定在地下也會滿意點頭，覺得總算沒白教這小子，因爲他生前同我說的孟子的話「萬物皆備於我」，後頭其實還藏有幾句話，原文是：「萬物皆備於我矣，反身而誠，樂莫大焉，強恕而行，求仁莫近焉。」裡頭就有我的名字以及他老人家對我深切的期許。

INK PUBLISHING 文學叢書 175

相忘於江湖

作　　者　張輝誠
總 編 輯　初安民
責任編輯　陳思妤
美術主編　高汶儀
美術編輯　張薰芳
校　　對　陳思妤　張輝誠

發 行 人　張書銘
出　　版　**INK**印刻出版有限公司
台北縣中和市中正路800號13樓之3
電話：02-22281626
傳真：02-22281598
e-mail：ink.book@msa.hinet.net
網　　址　舒讀網http://www.sudu.cc

法律顧問　漢廷法律事務所
劉大正律師
總 代 理　展智文化事業股份有限公司
電話：02-22533362・22535856
傳真：02-22518350
郵政劃撥　19000691 成陽出版股份有限公司
印　　刷　海王印刷事業股份有限公司

出版日期　2007年11月 初版
ISBN　978-986-6873-41-6

定價　260元

財團法人 國家文化藝術 基金會 贊助出版

國家圖書館出版品預行編目資料

相忘於江湖／張輝誠著.－－初版.
－－臺北縣中和市：INK印刻，2007.11
面；　公分.--（文學叢書；175）
ISBN 978-986-6873-41-6（平裝）

855　　96018840

K INK INK INK INK INK INK
INK INK INK INK INK INK IN
K INK INK INK INK INK INK
INK INK INK INK INK INK IN
K INK INK INK INK INK INK
INK INK INK INK INK INK IN
K INK INK INK INK INK INK
INK INK INK INK INK INK IN
K INK INK INK INK INK INK
INK INK INK INK INK INK IN
K INK INK INK INK INK INK
INK INK INK INK INK INK IN
K INK INK INK INK INK INK
INK INK INK INK INK INK IN
K INK INK INK INK INK INK
INK INK INK INK INK INK IN
K INK INK INK INK INK INK
INK INK INK INK INK INK IN
K INK INK INK INK INK INK
INK INK INK INK INK INK IN
K INK INK INK INK INK INK
INK INK INK INK INK INK IN
K INK INK INK INK INK INK
INK INK INK INK INK INK IN
K INK INK INK INK INK INK

INK INK INK INK INK INK
NK INK INK INK INK INK IN
INK INK INK INK INK INK
NK INK INK INK INK INK IN
INK INK INK INK INK INK
NK INK INK INK INK INK IN
INK INK INK INK INK INK
NK INK INK INK INK INK IN
INK INK INK INK INK INK
NK INK INK INK INK INK IN
INK INK INK INK INK INK
NK INK INK INK INK INK IN
INK INK INK INK INK INK
NK INK INK INK INK INK IN
INK INK INK INK INK INK
NK INK INK INK INK INK IN
INK INK INK INK INK INK
NK INK INK INK INK INK IN
INK INK INK INK INK INK
NK INK INK INK INK INK IN
INK INK INK INK INK INK
NK INK INK INK INK INK IN
INK INK INK INK INK INK
NK INK INK INK INK INK IN
INK INK INK INK INK INK